Zum Lösen der Rätsel in diesem Buch brauchst du eine Lupe und eine rote Folie. Beides findest du in deinem Rucksack hinten auf dem Buch.

DIESES BUCH GEHÖRT:

Hier kannst du ein Bild von dir einkleben und dann deinen Namen darunter schreiben.

5 4 3 2

ISBN 3-8157-3515-7

Printed in China
www.coppenrath.de
www.thomasbrezina.com

KOLUMBUS UND DU

Das Amulett des Pharao

AUFGESCHRIEBEN VON

THOMAS BREZINA

ILLUSTRIERT VON
JAN BIRCK UND NORBERT MAIER

COPPENRATH

SCHULE

HIER KOMMT KOLUMBUS!

Vor der Schule standen Nathalie, Gregor und die Geschwister Tino-T-Rex und Miki. Alle vier warteten darauf, abgeholt zu werden.

„Meine Mama hat einen funkelnagelneuen Sportwagen mit offenem Dach!“, gab Gregor an und wischte ein Staubkorn von seinem Aktenkoffer, den er als Schultasche benutzte.

„Der Wagen macht 240 auf der Autobahn und war total teuer.“

Nathalie streckte ihre Nase in die Höhe und schnüffelte wie ein Meerschweinchen. Das tat sie immer, bevor sie etwas sagte.

„Mein Papa hat ein Auto mit Klimaanlage. Die kann er so kalt drehen, dass wir das Auto auch als Kühlschrank benutzen können."

Miki lächelte verschmitzt und rückte die Kapitänskappe zurecht, die sie auf dem Kopf trug. Ihr Bruder Tino-T-Rex pfiff fröhlich vor sich hin.

„Hat euer Vater überhaupt ein Auto?", wollte Gregor wissen und strich eine unsichtbare Falte aus seiner Hose.

„Auf seinem Schiff braucht er kein Auto!", antwortete Miki. „Ihr habt kein Auto?", fragte Nathalie mit gerümpfter Nase. Gregor grinste spöttisch.

„Bestimmt werden sie gleich von ihrer komischen Tante abgeholt und an der Hand heimgeführt."

„HONK! HONK!" Das Hupen einer uralten Autohupe ertönte. „Das ist Tante Urke!", rief Miki und schleuderte vor Freude ihre Kappe in die Luft.

„Urke? Klingt wie Gurke!", machte sich Nathalie lustig. Gregor stimmte in ihr gackerndes Lachen ein.

„Kommt von Ulrike!", erklärte Tino-T-Rex geduldig und kickte mit seinen kräftigen Fußballschuhen einen Kieselstein in den Straßengraben.

„Was fährt sie denn für ein Auto? Einen Mistkübel auf Rädern?", spottete Nathalie weiter.

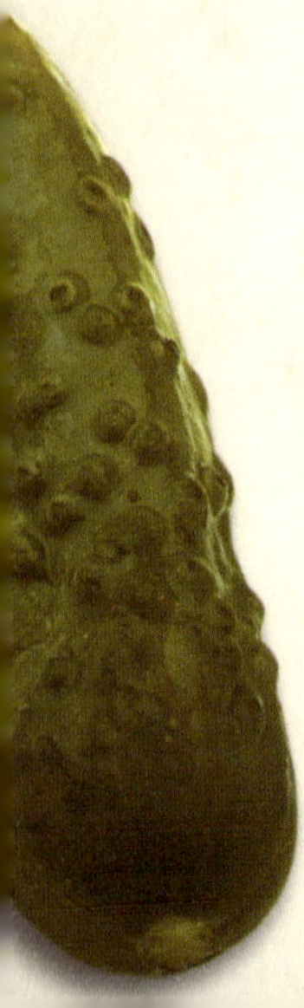

Miki schnitt eine warnende Grimasse. „Lass das Kolumbus besser nicht hören. Er stößt sonst eine Stinkwolke aus."
„Was, euer Auto heißt Kolumbus? Kolumbus, das rollende Stinktier!", witzelte Gregor.
Hinter der Hausecke tauchte der Vorderteil eines Schiffes auf. Nathalie runzelte überrascht die Stirn.
Gregor zog einen Mundwinkel hoch und machte: „Häää???" Der Schiffsbug ging über in etwas, das an einen

alten Wohnwagen erinnerte, aber das Hinterteil eines Helikopters mit Propeller besaß.

Das seltsame Fahrzeug bog in die Kreidestraße ein und steuerte auf die Schule zu.
Gregor und Nathalie blieb der Mund offen.
Tino-T-Rex und Miki winkten fröhlich mit beiden Armen.
„Kolumbus“ stand in leuchtenden gelben Buchstaben vorne auf dem Schiffsbug. Er sah aus wie ein breites lachendes Gesicht, in dem die Scheinwerfer die Augen waren.
Abermals schallte das HONK! HONK! durch die Straße. Die Bremsen gaben ein übermütiges Quietschen von sich, als Kolumbus vor den Geschwistern hielt. Das Fenster auf der Beifahrerseite sauste surrend nach unten und ein Gesicht mit zwei riesigen runden Brillengläsern tauchte auf.

„Heidi-ho!“, rief Tante Urke. „Kommt an Bord, ihr zwei.“ Sie warf einen fragenden Blick auf Nathalie und Gregor. Noch immer standen die beiden stumm da und ein Spatz hätte jetzt bequem sein Nest in ihrem Mund bauen können.
„Sollen wir die Zündkerzen mitnehmen?“, fragte Urke.
„Nein, die Armen warten auf einen offenen Wagen, in den es hineinregnen kann, und auf einen Kühlschrank mit Reifen!“, antwortete Tino-T-Rex und grinste von einem Ohr zum anderen.

„Schnell einsteigen, wir müssen ins Museum!“, trieb die Tante die Geschwister an.
Die Tür schwenkte auf und Tino-T-Rex und Miki kletterten ins Innere von Kolumbus. Freudig ließ er seinen Motor schnurren um die beiden zu begrüßen. Nachdem die Tür geschlossen war, trat Tante Urke auf das Gaspedal.
Gregor fasste sich als Erster und sagte verächtlich: „Was für ein Schrotthaufen!“
POFF! Eine grüngelbe Wolke quoll aus Kolumbus’ Auspuff und näherte sich wie ein Geist den beiden Kindern. Lange bevor sie die zwei erreichte, rochen sie den Gestank von faulen Eiern, verschwitzten Socken und alten Schubladen.
„Stink-Alarm!“, fiepte Nathalie. Zu ihrem Glück trafen in diesem Moment Nathalies Vater und Gregors Mutter ein und die Kinder retteten sich in die Autos.

DIE TIERSPRACHEN-ZAHNSPANGE

Tino-T-Rex und Miki hatten es sich hinten auf dem weichen Sofa bequem gemacht und legten die Sicherheitsgurte an. Auf der Rückenlehne des Beifahrersitzes tauchte ein dünnes graues Wesen auf. Es sah aus wie eine Gespenstergurke. Tino-T-Rex wackelte überrascht mit den Ohren.
„Oh, Zik!“ Tante Urke rollte die Augen.
Tino-T-Rex erkannte dünne Stoffstreifen, die um das Gespensterchen gewickelt waren. Die Streifen lösten sich und fielen ab. Darunter kam eine kleine pelzige Ratte mit blitzenden dunklen Augen zum Vorschein.

„Ahoi, ihr Seekühe!“, lispelte das Tier. Energisch band es mit den kleinen Pfoten sein gelbes Halstuch enger und zog sich eine winzige gestrickte Wollmütze in die Stirn.

In den vielen Taschen seiner ärmellosen Weste, die der von Tino-T-Rex genau nachgeschneidert war, steckte Werkzeug, das die Größe von Zahnstochern hatte.

„Hallo, Zik!“, begrüßten Miki und Tino-T-Rex ihren Freund.

Die Ratte wieselte zwischen den Sitzen zu ihnen nach hinten, sprang auf Mikis Schulter und ließ sich den Bauch kraulen.

„Habt wohl das große Zittern bekommen, als ihr mich als Mumie gesehen habt!“, gluckste Zik vergnügt.

Für die Geschwister war es selbstverständlich, dass die Ratte eine Zahnspange trug und sprechen konnte. In die

Zahnspange war ein winziger Computer mit Mikrofon und Lautsprechern eingebaut, der die Piepstöne der Ratte in menschliche Sprache übersetzte.
„Nops!“ Tino schüttelte seinen Kopf, von dem die Locken wild nach allen Seiten standen.
„Wieso spielst du Mumie?“, fragte Miki und kitzelte Zik ein bisschen.
„Wollte wissen, wie man sich fühlt, so frisch gewickelt, als Mumie!“
„Wir fahren ins Museum. Zu meinem alten Freund Professor Schrein“, meldete sich Tante Urke von vorne. „Er leitet die ägyptische Abteilung und will uns etwas zeigen.“
Vor ihnen stauten sich die Autos. Sie befanden sich auf einer langen Straße und bis zur nächsten Abzweigung war es weit. Durch die Rückscheibe sah Tino-T-Rex Gregor im offenen roten Sportflitzer seiner Mutter und dahinter Nathalie und ihren Vater in einer dunklen Limousine. Hinter diesen beiden Autos kamen immer mehr nach. Es ging also weder voran noch zurück.
„Wir stecken fest!“ Ungeduldig trommelte Tante Urke auf das Lenkrad. „Professor Schrein hat geschrieben, wir sollen Vollgas geben. Festhalten, Kinder und Zik!“ Sie legte einen Hebel um, auf dem ein Symbol angebracht war, das wie

eine bauchige Zigarre aussah. Sofort begann es über ihren Köpfen zu zischen und zu rumoren.
Gregors Mutter in ihrem Sportflitzer stöhnte und jammerte. „Ich muss doch zum Frisör. Mein Termin ist in zehn Minuten. Verpasse ich ihn, sehe ich heute Abend im Theater aus wie ein gerupftes Huhn.“ Sie betrachtete ihre Haare im Rückspiegel und zupfte verzweifelt daran herum.
Neben ihr stand Gregor vor Staunen der Mund offen.
Auf dem Dach von Kolumbus wallte und wobbelte es. Etwas rot-weiß Gestreiftes entfaltete sich wie ein Zelt und wuchs in die Höhe.
Nathalie saß hinter ihrem Vater auf dem Rücksitz in der dunklen Limousine und hatte Gänsehaut, weil die Klimaanlage eiskalte Luft spuckte.
„Alle Autos gehören verboten!“, schimpfte ihr Vater, der es sehr eilig hatte. Natürlich sollte sein eigenes erlaubt sein, aber alle anderen sollten verschwinden, damit er immer freie Bahn hätte. Stöhnend legte er den Kopf auf das Lenkrad.
Nathalie schnappte nach Luft wie ein Fisch auf dem Trockenen. „Ein Ballon!“, staunte sie. „Ein Ballon!“
Tatsächlich erhob sich von Kolumbus’ Dach ein großer Ballon, der von einem Netz umhüllt war. Er war bereits

prall gefüllt und unter ihm ruckte das Forscher-Schwimm-Fahr-Flugzeug. Es wurde Stück für Stück hochgehoben und bald schwebten die Reifen über der Windschutzscheibe des roten Sportwagens.

Gleichzeitig riefen Gregor im Sportwagen und Nathalie im Kühlschrank-Auto „Das Auto-Schiff ... dieser Kolumbus ... er fliegt!“

Gregors Mutter aber hatte nur Augen für ihre Frisur im Rückspiegel und Nathalies Vater hämmerte auf dem armen Autoradio herum, weil er einen anderen Sender einstellen wollte.

„Ja, ja“, sagten beide abwesend und glaubten kein Wort.
„Schau doch!“, drängte Nathalie.
„Mama, ich sage die Wahrheit!“, schnaubte Gregor.
„Ja, ja“, kam es wieder nur von Gregors Mutter und Nathalies Vater.
Im Inneren von Kolumbus sagte Miki erschrocken: „Tante Urke, alle können uns sehen!“
Die Tante schnippte mit den Fingern. „Dein Hirn ist wirklich immer frisch geschmiert. Gut, dass dir das eingefallen ist.“
Sie drückte einen blassblauen Knopf tief in das Armaturenbrett. Der ganze Kolumbus zitterte und in seinem Inneren wurden alle durchgerüttelt.

Außen legte sich ein dünner Schleier aus Chamäleon-Folie über Ballon und Fahrzeug. Diese Folie konnte jede Farbe annehmen, wie ein Chamäleon.
Jetzt verfärbte sie sich luftblau und ein Stück zeigte sogar Mauer und Fenster eines grauen Hauses. Kolumbus verschwand vor den Augen von Gregor und Nathalie.
Als sich deren Eltern endlich entschlossen einen Blick durch die Windschutzscheiben ihrer Autos zu werfen, sahen sie nichts mehr.
„Fliegendes Auto! Pah! Ist heute der 1. April?“, schimpfte Nathalies Vater im Kühlschrank-Klimaanlagen-Auto.

Gregors Mutter im Sportwagen machte nur „Tststs!“
Unbeobachtet stieg Kolumbus bis über die Dächer der Stadt. Tante Urke schaltete den Propeller ein, der sich surrend zu drehen begann, und das Schwimm-Fahr-Flugzeug glitt durch die Luft dahin.
„Ausschau nach dem Museum halten“, sagte Tante Urke. Sie kannte die Adresse, aber hier oben gab es keine Straßenschilder. „Professor Schrein telefoniert überhaupt nie und verwendet auch keinen Computer. Er ist sehr altmodisch“, erzählte sie. „Ihr müsst euch die Karte ansehen, die

er mir geschickt hat!“ Sie reichte eine gefaltete Karte aus Pappe nach hinten zu Tino-T-Rex und Miki. Als die beiden sie öffneten, stieß Tino einen erstaunten Pfiff aus. Aus dem Inneren tauchte eine Mumie auf. Darunter stand: „Wichtige Entdeckung! Hilfe! Komm!“

1. Papier falten.

2. Mumienumriss aufzeichnen.

3. Dünne Streifen bis zur gezeichneten Linie schneiden.

4. Karte etwas öffnen und die Streifen am Rand entlang nach innen drücken.

5. Karte aufklappen und schon kommt dir eine Mumie entgegen.

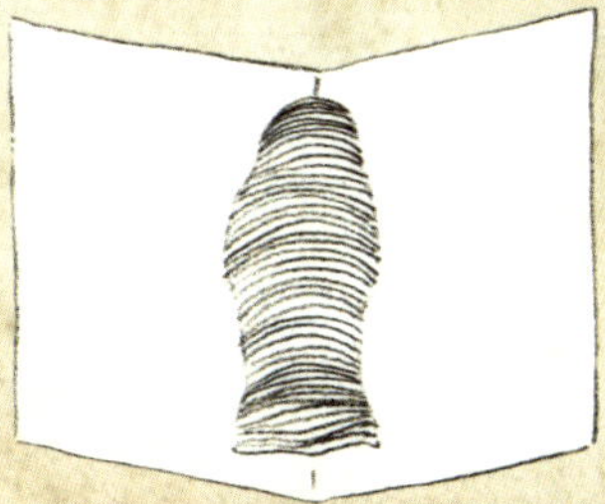

ÄGYPTISCHES
MUSEUM

DIE WANDELNDE MUMIE

Kolumbus setzte sanft auf dem flachen Dach des Museums auf. Es raschelte, als die Chamäleon-Folie eingeholt wurde, und zischend entwich die heiße Luft aus dem Ballon. Fröhlich ließ Kolumbus die Scheinwerfer blinken und hupte sein HONK! HONK! Das tat er von ganz allein, aber weder Tante Urke noch die Geschwister wunderten sich darüber.

Tante Urke zog ihren knallroten Overall zurecht und richtete das Werkzeug und die Stifte gerade, die sie immer in den Taschen bei sich trug.

Zik hockte auf Mikis Schulter und hielt sich an einem ihrer dünnen Zöpfchen fest. Misstrauisch beäugte er die steinernen Figuren am Rand des Daches. Sie hatten Körper wie Löwen, Gesichter wie Menschen und Drachenflügel auf dem Rücken.

„Vollgas, der Professor wartet bestimmt schon ungeduldig!“, trieb die Tante an.

Sie kletterten durch eine Blechtür und dann eine steile Treppe hinunter.

In den Gängen des Museums hatte jeder Schritt ein Echo. Boden und Wände waren aus glattem Marmor. Urke ging auf eine Tür zu, über die ein großes Auge gezeichnet war. Die Geschwister blieben am Eingang stehen und staunten. Vor ihnen, hinter dickem Glas, standen und lagen wuchtige Mumiensärge. Auf Regalen waren kleine Mumien ausgestellt und als Tino-T-Rex und Miki näher kamen, erkannten sie die Umrisse von Tieren. Es gab eine Krokodilmumie, eine Katzenmumie und Mumien, die so klein wie ein Daumen waren.

„Mistkäfer-Mumien!“, sagte eine schnarrende Stimme. Erschrocken drehten sich alle um. Hinter ihnen stand ein dickbäuchiger Mann, der eine große Lupe an einer

Kette um den Hals trug. „Endlich!“, sagte er zur Begrüßung und schüttelte jedem der Kinder die Hand. „Professor Schrein mein Name.“ Der Professor schüttelte sogar Zik die winzige Pfote.

„Es ist ein Rätsel, ein großes Rätsel“, murmelte er vor sich hin und watschelte voran durch den Saal. Er öffnete eine schmale Holztür, die sich in einer tiefen Nische in der Wand befand. Dahinter lag ein düsterer Raum ohne Fenster. Das Licht kam von einer Lampe, die die Form einer Pyramide hatte und von der Decke hing.

Ziks Nasenspitze zuckte und schnupperte. „Hier stinkt's!“, stellte er fest. „Wie auf einem Fischkutter.“
Auf einem nackten Holztisch entdeckte Tino-T-Rex einen rohen Fisch und daneben einen Haufen glitzernder weißer Körnchen. Miki zupfte den Professor an der ausgeleierten

grünen Strickjacke. „Ist das Ihr Mittagessen?“, fragte sie und deutete auf den Fisch.

„Ein Experiment!“, erklärte der Professor mit wichtiger Miene. „Ich mache aus dem Fisch eine Mumie.“

„Der Rollmops hat wohl Wasserflöhe im Kopf“, kicherte Zik Miki ins Ohr.

„Das könnt ihr selbst auch versuchen!“ Professor Schrein schaufelte die Körnchen mit der Hand in eine Plastikdose. Aus einer Schublade des Tisches holte der Professor eine zweite Dose. „Dieser Fisch liegt schon seit 32 Tagen hier drin!“ Der Professor schob das Salz beiseite und hob den Fisch heraus. Tino-T-Rex betrachtete ihn sofort aus der Nähe. Die Nase hielt er sich vorsichtshalber zu.

„Der ist ja stocksteif und trocken!“

„Richtig!“ Professor Schrein klopfte den Fisch zum Beweis auf die Tischplatte. Tok, tok, tok, klang es. „Früher, als es noch keine Kühlschränke gab, wurde Fisch auf diese Weise haltbar gemacht. Im alten Ägypten aber wurden die toten Könige auch in ein Salz gelegt, das sie völlig austrocknete. Erst dann wurden sie mit Leinenstreifen umwickelt und so zur Mumie.“ Er winkte seine Gäste eilig weiter und führte sie zu mehreren Holzkisten. In jeder hätte ein kleines Auto Platz gehabt.

WAS LIEGT DA ALLES?

- Ein Mantel mit schimmernden Stickereien an Kragen und Ärmeln
- Goldene Schmuckstücke
- Ein Brettspiel
- Ein Musikinstrument
- Schreibmaterial
- Getrocknetes Fleisch
- Obst und Getreide
- Eine Lampe
- Ein Feldbett

Vor den Kisten waren allerhand geheimnisvoll aussehende Gegenstände aufgebaut.
„Diese Sachen wurden in einem ägyptischen Grab gefunden. Sie müssen ungefähr 4.000 Jahre alt sein“, erklärte der Professor. „Am Wochenende soll alles im Museum ausgestellt werden.“
Verlegen spielte er mit der umgehängten Lupe.
Zik und Tino-T-Rex betrachteten die vielen verschiedenen Dinge. Einige waren einfach zu erkennen, andere nicht. Urke blickte Professor Schrein fragend an. „Raus mit der Sprache, Sie haben eine Schraube im Schuh, stimmt's oder habe ich Recht?“
Zuerst zögerte Professor Schrein, dann nickte er. Er beugte sich vor und flüsterte: „In der Nacht beginnt die Mumie zu wandern.“ Mit den Augen zeigte er auf einen aufrecht stehenden Mumiensarg.
Miki grinste. „Ich glaub, mein Seepferd wiehert!“
Neugierig kamen Zik und Tino-T-Rex näher und Miki sagte ihnen kichernd, was sie gerade gehört hatte. Beleidigt presste der Professor die Lippen zusammen. Urke warf den beiden Kindern einen strafenden Blick zu. „Die zwei meinen es nicht böse. Es klingt nur ein bisschen verrückt. Wandelnde Mumien gibt es doch nur in Gruselgeschichten.“

Professor Schrein seufzte. „Und hier im Museum.“ Auf seiner Stirn glänzten Schweißperlen. Von einem großen Ring an seinem Gürtel nahm er drei Schlüssel und schloss damit drei Schlösser an einem Schrank aus dickem Holz auf. Behutsam holte er ein staubiges Stoffbündel heraus, schlug die Ecken auseinander und hielt es Urke entgegen.

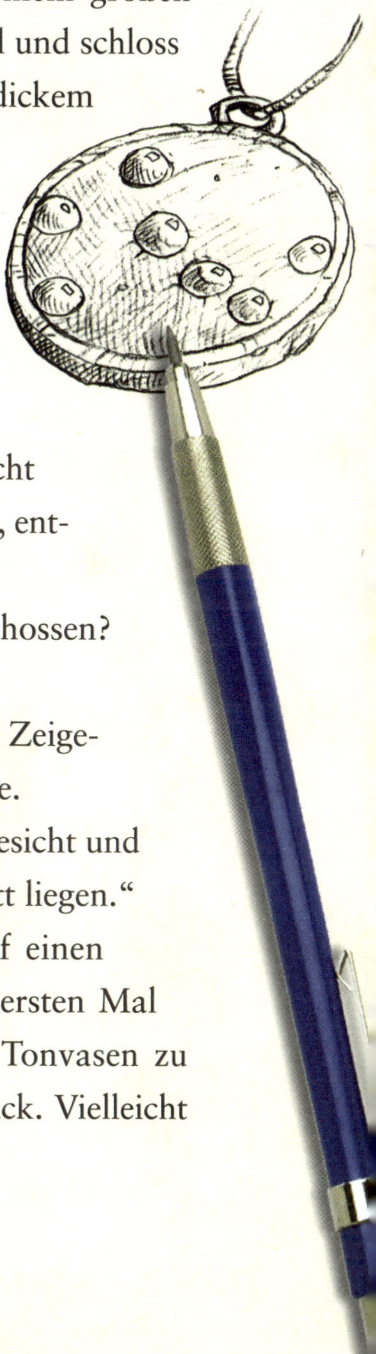

Miki stellte sich auf die Zehenspitzen und warf einen Blick auf den Stoff. In der Mitte lag ein Amulett aus Gold, das mit roten und grünen Edelsteinen verziert war. Das Licht der Deckenlampe spiegelte sich darin. „Upa!“, entfuhr es Miki überrascht.

Waren gerade Blitze aus den Edelsteinen geschossen?

Tino-T-Rex war neugierig näher gekommen.

„Was ist das für ein komisches Muster?“ Sein Zeigefinger deutete auf die sieben wertvollen Steine.

Professor Schrein machte ein bekümmertes Gesicht und flüsterte: „Ein Fluch kann auf diesem Amulett liegen.“

Er zog die Schranktür auf und deutete auf einen Scherbenhaufen. „Als ich das Amulett zum ersten Mal ausgepackt habe, sind zwei wertvolle alte Tonvasen zu Bruch gegangen. Ich fürchte, es bringt Unglück. Vielleicht stürzt sogar das ganze Museum ein, wenn ich das Amulett in eine Glasvitrine lege."

Ungläubig schüttelte Urke den Kopf.
Mit einem Knall zersprang die Glühbirne in der Lampe über ihnen und ein Regen aus Glassplittern ging herab.
Erschrocken zuckte der Professor zusammen und schleuderte dabei das Amulett in die Luft. Geschickt fing Tante Urke es auf. „Glühbirnen brennen manchmal durch", sagte sie beruhigend.
Der Professor machte ein zweifelndes Gesicht. „Ich habe alles fotografiert. Die vielen Särge und den Schrein, in die die Mumie gehüllt war." Professor Schrein reichte Miki einen dünnen Stapel Bilder. Staunend betrachtete Miki eines nach dem anderen.

WICHTIG:

DIESE BILDER HAST DU IN DEINEM RUCKSACK!

Klick-klack-klick-klack. Mit energischen Schritten kam eine kleine Frau auf den Professor zugeeilt. Ihr folgte ein schlaksiger Mann. Über seinem Mund erstreckte sich ein dünnes Bärtchen, das aussah wie ein Strich.
Tante Urke hatte auf einmal das Gefühl, dass dieser Mann das Amulett besser nicht sehen sollte. Deshalb ließ sie es in die Brusttasche ihres Overalls gleiten.

„Schönen Nachmittag, Frau Direktor!“, grüßte Professor Schrein verlegen und schwitzte gleich noch mehr. Zu dem Mann sagte er: „Professor Krakator, was führt Sie zu uns?“
Der Mann lächelte. Es war kein freundliches Lächeln.
Zik schauderte und kletterte an Tino-T-Rex hoch, bis er auf seiner Schulter saß. „Was ist das denn für ein Eiswürfel-Spucker?“, zischte er ihm ins Ohr.
Tadelnd schüttelte die Direktorin den Kopf, auf dem ein hoher Turm aus Haaren wackelte. „Die Ausstellung ist noch immer nicht fertig, Schrein. Wie lange muss ich noch warten?“
Professor Krakator verschränkte die Arme auf dem Rücken und schlenderte zu einem Haufen von Gegenständen, der etwas abseits lag.
Mit der Schuhspitze deutete Krakator auf die Dinge.
„Was haben wir denn da, Herr Kollege?“
Zik zischte: „Was ist denn ein Kollege?“
„Der Professor erforscht sicher auch das Alte Ägypten. Wie Professor Schrein“, flüsterte Tino-T-Rex.
Mittlerweile rann Professor Schrein der Schweiß in dünnen Bächen links und rechts am Gesicht herab.
„Das haben Sie doch bestimmt herausgefunden, Schrein. Sie wollten das alte ägyptische Grab unbedingt kaufen.

Ich habe dafür ein Vermögen bezahlt!“ Die Direktorin des Museums war wie eine Lehrerin, die niemand mochte. Ungeduldig wippte sie auf den Zehenspitzen auf und nieder.
„Ich könnte Ihnen natürlich genaue Auskunft über die Grabbeigaben geben“, erklärte Professor Schrein. Warnend fügte er hinzu: „Allerdings gibt es Berichte, auf dem Grab liege ein schlimmer Fluch, der großes Unglück bringt.“
Die Direktorin rümpfte missbilligend die Nase.
Hinter ihnen bewegte sich die Tür plötzlich von allein. Sie wurde immer schneller und donnerte zu. So heftig, dass das Holz zersprang und zu Boden krachte.

Nach einer Schrecksekunde richtete sich die Direktorin auf und sagte dann: „Schrein, ich gebe Ihnen bis morgen Zeit. Dann will ich von Ihnen wissen, wozu diese Dinge hier gut waren. Außerdem will ich alle Informationen über das Grab haben, welcher Pharao sich in dem Mumiensarg befindet und so weiter und so weiter."
Krakator hob ein gebogenes weißes Stück an einem Ende auf und schwang es. Tino-T-Rex erinnerte es sofort an einen:

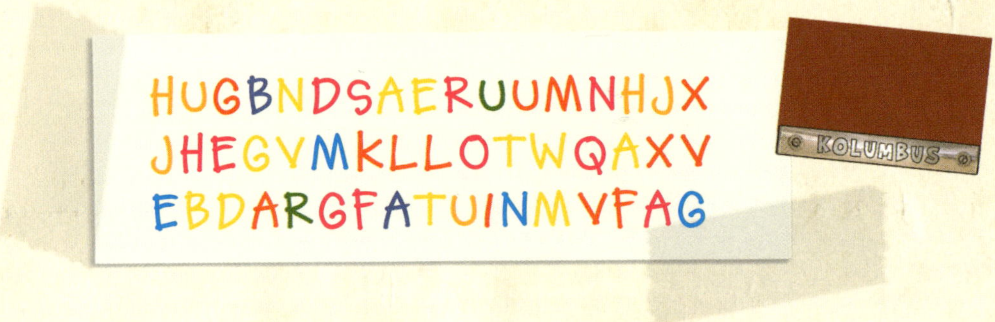

„Das soll es im Alten Ägypten gegeben haben?" Krakator schnaubte verächtlich. „Wahrscheinlich ist das wertloser Plunder. Gefälscht und billig."
Entsetzt fasste sich die Direktorin an die Turmfrisur. Sie schien zu fürchten, der Turm könnte einstürzen.
„Gefälscht? Nichts wert? Schrein!" Sie funkelte ihn wütend an. „Wenn das wahr ist, dann werde ich Sie feuern."

Sofort war Krakator an ihrer Seite und bot ihr den Arm an. Sie hakte sich ein und gemeinsam verließen sie den Raum.
„Am besten wäre es, die ganzen Sachen wieder zu verkaufen", hörten Zik, Urke, Professor Schrein und die Kinder Krakator säuseln.
„Schleimige Seegurke!", schimpfte Zik.
Kaum war die Tür zu, schnippte Miki dreimal mit den Fingern.
„Tante Urke, können wir ...?"
Sie musste gar nicht weitersprechen.
Die Tante wusste, was Miki meinte.
Energisch rückte sie ihre Brille zurecht und nickte.
„Ja, wir können und werden!"
Professor Schrein legte die Stirn in dicke Falten und sah aus wie ein Dackel.
Er verstand kein Wort.

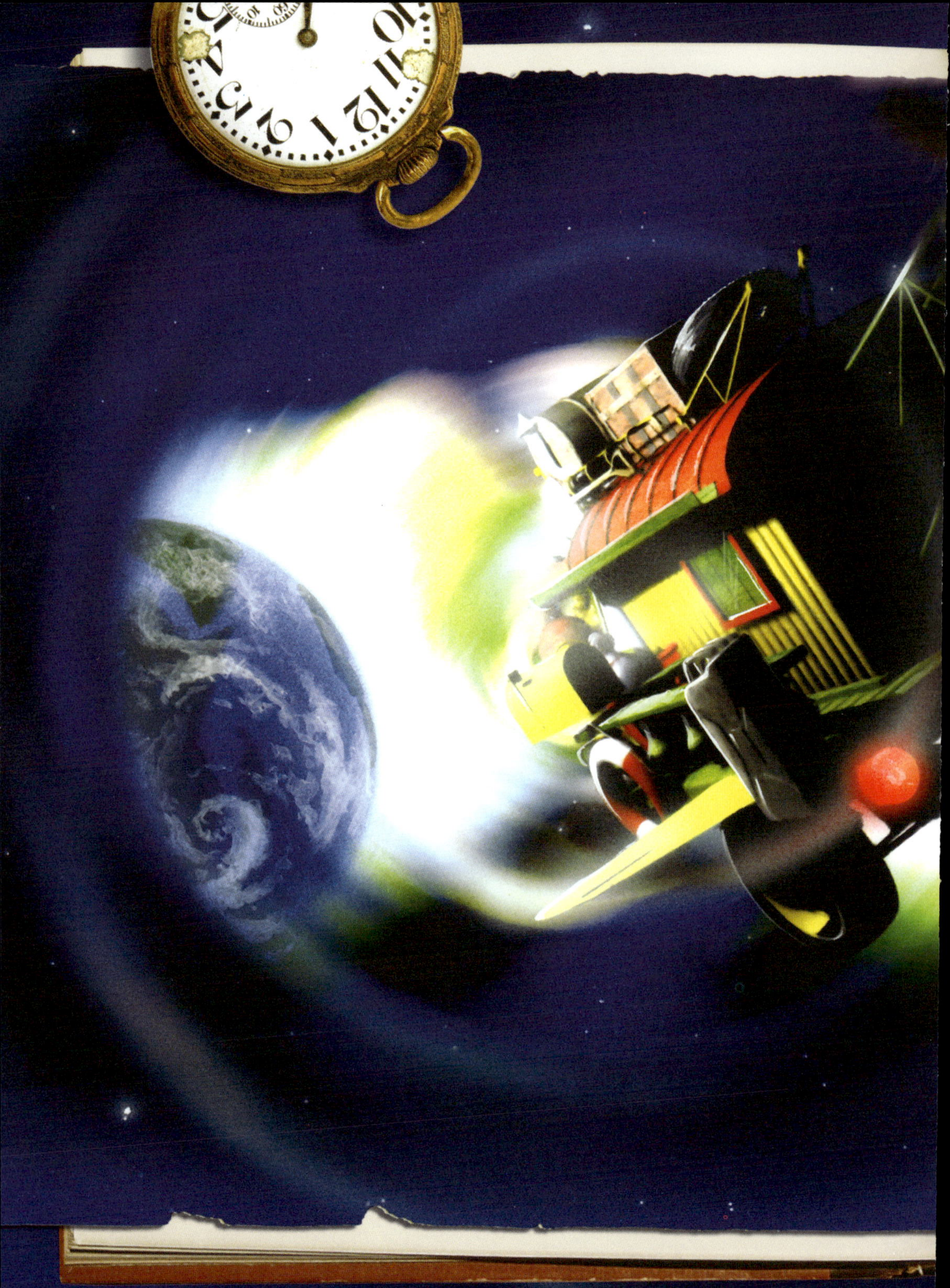

DIE ZEITSPIRALE

Miki schoss die Treppe zum Dach hinauf um als Erste bei Kolumbus zu sein. Tino-T-Rex machte noch einen kleinen Abstecher in einen langen Saal.

Dort wurde das Skelett eines Brachiosaurus gezeigt. Es war so lang wie vier Autos und mit dem Kopf hätte dieser Saurier durch ein Fenster im dritten Stock blicken können.

Auf der anderen Seite des Raumes erhob sich das Skelett eines Tyrannosaurus Rex. Das Maul weit aufgerissen stand er da und ragte drohend auf. Tino zwinkerte ihm zu. Der T-Rex war sein Lieblingstier und deshalb hatte er auch den Spitznamen Tino-T-Rex bekommen. „He, du Meeresschnecke, wir müssen los!“, rief Zik drängend. Er hüpfte vor Tino-T-Rex auf und nieder um sich bemerkbar zu machen. Tino nickte und hielt ihm die hohle Hand nach unten. Sofort sprang Zik hinein und stand darin wie auf der Kommandobrücke eines Schiffes.

Da Albert Dampf, der Vater von Miki und Tino-T-Rex, als Kapitän eines Ozeanriesen fast das ganze Jahr unterwegs war, lebten die Geschwister bei ihrer Tante Urke. Eine Mutter hatten sie nicht mehr. Aber darüber sprachen die beiden nicht gerne. Tante Urke war für sie wie eine zweite Mutter, die noch dazu die allerbeste Freundin war, die man sich vorstellen konnte. Sie betrieb eine kleine Autowerkstatt und es gab nichts, was sie nicht reparieren konnte.

In ihrer Freizeit erfand und baute sie, was ihr einfiel. So war die Zahnspange entstanden, die Ziks Piepsen in Worte verwandelte.

Tante Urkes Meisterstück aber war Kolumbus.

Nachdem alle wieder eingestiegen waren, begann die Tante am Armaturenbrett zu werken.

„Alle fest anschnallen!“, gab sie das Kommando.

Tino beobachtete, wie Tante Urke den einzigen Zeiger einer Uhr zurückdrehte.

„4.000 Jahre!“, hört er die Tante murmeln. Er wusste, was es bedeutete. Sie würden 4.000 Jahre in die Vergangenheit zurückreisen.

Als Nächstes nahm sie sich eine kleine Weltkugel neben dem Lenkrad vor und steckte ein Fähnchen auf eine lange blaue Linie. „Wir wollen nach Ägypten, in das Land am Nil!“

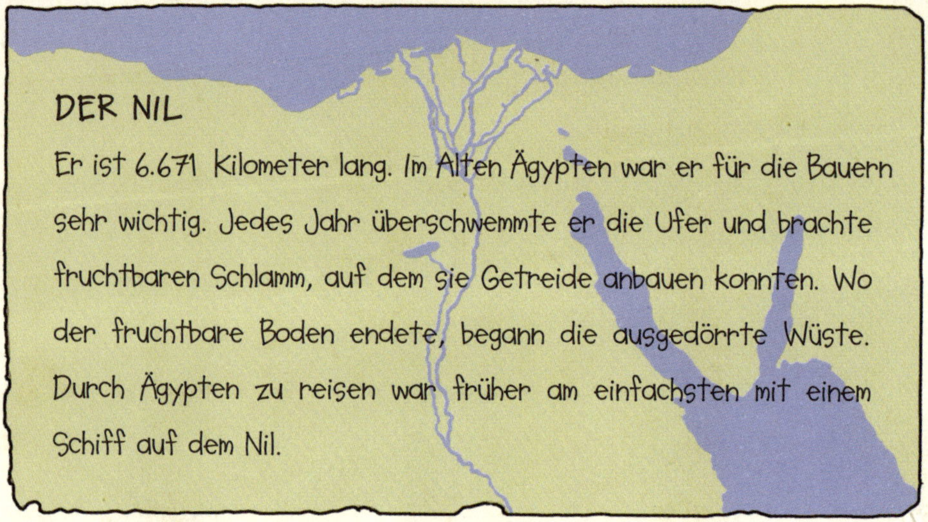

DER NIL

Er ist 6.671 Kilometer lang. Im Alten Ägypten war er für die Bauern sehr wichtig. Jedes Jahr überschwemmte er die Ufer und brachte fruchtbaren Schlamm, auf dem sie Getreide anbauen konnten. Wo der fruchtbare Boden endete, begann die ausgedörrte Wüste. Durch Ägypten zu reisen war früher am einfachsten mit einem Schiff auf dem Nil.

Tante Urke zog unter ihrem Sitz Sturzhelme und Fliegerbrillen hervor und verteilte sie an Tino-T-Rex und Miki. Zik bekam einen Mini-Helm. Er saß zwischen den Geschwistern und war mit einem dünnen Gurt um seinen Bauch angeschnallt. Energisch drückte Tante Urke einen Knopf in Schlüsselform. Alle vier Türen verriegelten sich gleichzeitig. Als Letztes zerrte die Tante am Lenkrad, bis es sich löste. Sie tauschte es gegen ein Steuerrad aus, wie es auf Schiffen verwendet wird, und tätschelte es wie ein Pferd. „So, Kolumbus, zeig, was in dir steckt“, raunte sie dem Forscher-Schwimm-Fahr-Flugzeug zu. Kolumbus antwortete mit einem fröhlichen HONK!

Knatternd näherte sich dem Dach des Museums ein Helikopter der Polizei. Nathalie hatte bei der Polizei angerufen und ein verbotenes Flugobjekt gemeldet, das die Stadt unsicher mache. Die Polizisten im Helikopter deuteten auf Kolumbus. Auch wenn er nicht flog, war es sehr verdächtig, ein solches Fahrzeug auf dem Museumsdach zu finden. Sie wollten sofort Nachforschungen anstellen.

„Höchste Zeit abzudampfen. Kolumbus, los geht's!", brummte Tante Urke und legte einen knallgelben Griff auf dem Armaturenbrett um. Der Polizeihelikopter setzte zur Landung neben Kolumbus an.

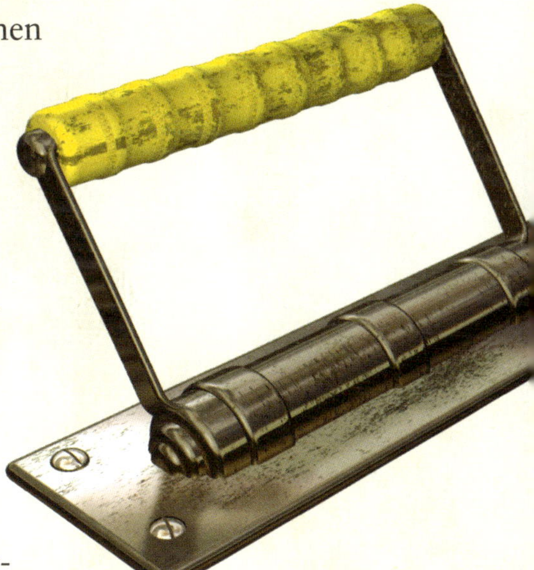

Durch die gebogene Windschutzscheibe sahen die Polizisten, dass das seltsame Fahrzeug plötzlich leuchtete wie ein dicker Blitz. Sie kamen nicht einmal dazu, sich zu wundern. Mit einem scharfen Zischlaut düste Kolumbus senkrecht zum Himmel hinauf, bis er nur noch so winzig war wie ein Stern in der Nacht. Auf dem Museumsdach blieben zwei ratlose Polizisten zurück.

Tino-T-Rex, Miki und Zik wurden tief in die weichen Kissen der Rückbank gepresst. Sie fühlten sich wie in der Dreifachlooping-Bahn des Rummelplatzes.
Tante Urke wollte rufen: „Zeitspirale!“ Aus ihrem Mund kam aber ein Laut, der klang wie: „Ei-Iiiii-Aaaaaa-eeee!“
Noch immer stand Kolumbus hoch in der Luft. Die Erde unter ihnen war als blaue Kugel zu sehen. An den Fenstern schwebten Satelliten vorbei.
Das ganze Forscher-Schwimm-Fahr-Flugzeug erbebte und erzitterte. Im Inneren klapperte und klimperte es. Dann begann sich Kolumbus zu drehen, als wäre er eine Wäscheschleuder. Zuerst langsam, dann immer schneller.
„Aaaaaaaaaaa!“
Miki, Zik, Tino-T-Rex und Tante Urke schrien aus Leibeskräften. Kolumbus raste im Sturzflug auf die Erde zu.
Vorne auf dem Armaturenbrett klickten Zahlen auf einer Anzeige. Mit großer Geschwindigkeit liefen sie rückwärts. So schnell, dass sie zu rauchen begannen.

10 – 9 – 8 – 7 – 6 – 5 – 4 – 3 – 2 – 1 – START!

Auf einmal hatten die Geschwister einen Laut in den Ohren, der so unangenehm war wie das Platzen von hundert Luftballons gleichzeitig.

DAS GROSSE ERSCHRECKEN

Die Landung war hart. Zum Glück waren alle angeschnallt, sonst hätten sie sich die Köpfe an der Decke angestoßen. Mit einem Rums setzte Kolumbus auf und sein Motor tuckerte erschöpft. Nach einem müden Blubb starb er ab.

Miki und Tino-T-Rex sahen zuerst nur ein Gelbgrau.

„Wir sind ins Meer gefallen. Ins Gelbe Meer!", rief Tino-T-Rex aufgeregt.

„Ein gelbes Meer gibt es nicht!", widersprach ihm Miki.

„Gibt es doch!", gab Tino streitlustig zurück.

„Nein!"

„Doch!"

„Nein!"

Zik nahm seinen Mini-Helm ab. „Beim Holzauge des Klabautermanns, jeder weiß, dass es das Gelbe Meer ...“

Mitten im Satz brach er ab. Etwas schien ihm die Sprache verschlagen zu haben, was sonst nicht einmal bei Sturmstärke 12 geschah. Seine blitzenden schwarzen Augen waren weit aufgerissen. Tino-T-Rex blickte zum Fahrersitz und wusste sofort, was Zik so erschreckte.

Tinos Stimme war ein Pfeifen, als er rief: „Turke? Wobiturke?“ Regte Tino sich sehr auf, zog er die Wörter zusammen. Eigentlich hatte er sagen wollen: „Tante Urke? Wo bist du, Tante Urke?“

Kolumbus hupte zweimal fragend.

Klickend lösten Tino und Miki die Sicherheitsgurte und sprangen auf den Fahrersitz.

Er war leer.

Tante Urke war spurlos verschwunden.

Ihr Gurt steckte noch im Schloss, hing aber schlaff über der Rückenlehne.

Mittlerweile hatte sich das glitzernde Graugelb vor den Fenstern gelichtet. Es war Wüstensand gewesen, den Kolumbus beim Aufsetzen aufgewirbelt hatte.

Zik wieselte prüfend über den flauschigen Teppich, mit dem Kolumbus ausgelegt war, sprang auf Tante Urkes Sitz und schnupperte wie ein Spürhund.

„Noch warm, wo sie gesessen hat“, meldete er geschäftig. Geschickt turnte er an den Kurbeln und Griffen der Tür bis zum Fenster. In der Ecke befand sich ein Messingstab mit einer Kugel. Er war hineingedrückt.

„Die Tür ist verschlossen. Verriegelt. Fest zu!“, rief Zik.

Tino-T-Rex fuhr sich durch die wuscheligen Locken. Wie war das möglich? Wie war Tante Urke aus dem Schwimm-Fahr-Flugzeug hinausgekommen? Ohne den Gurt zu öffnen und durch verriegelte Blechtüren?

Kolumbus setzte selbstständig die Scheibenwischer in Betrieb und wischte die Vorderscheibe frei. Vor ihnen, bestimmt nicht mehr als hundert Schritte entfernt, erhoben sich einige eckige weiße Häuser. Sie erinnerten an Schuhkartons. Zwischen ihnen wiegten sich Palmen im Wind.

„Was ist mit Tante Urke geschehen?“, rief Miki aufgeregt. Weder Tino noch Zik konnten es ihr erklären.
„Wir müssen sie finden!“, drängte Miki.
Aber wo sollten sie zu suchen beginnen?
Etwas abseits erhob sich ein Bau, der höher war und in einem eckigen Turm endete. Auf diesem Turm stand jemand in einem dunkelblauen Gewand und starrte zu Kolumbus.
„Im Alten Ägypten hat es keine Autos gegeben und schon gar keine Schwimm-Fahr-Flugzeuge!“, fiel Tino-T-Rex ein.
„Wir müssen Kolumbus tarnen.“

Er kletterte auf den Beifahrersitz und betrachtete die vielen Anzeigen, Schalter, Hebel und Knöpfe auf dem Armaturenbrett.

WELCHEN KNOPF SOLL TINO-T-REX DRÜCKEN?
DIUENASBLIAZTSHSJ
BJKLLUGHVASAUXEN.

„Die Chamäleon-Folie!“, rief Zik. Sie hatte ihnen schon in der Stadt gute Dienste erwiesen. Gleich bei dem ersten Versuch klappte es. Das Rascheln über ihnen zeigte die Chamäleon-Folie an, die sich über Kolumbus ausbreitete. Sie war hauchdünn und durchsichtig.

Miki beobachtete den Mann auf dem Turm. Obwohl er weit entfernt war, konnte sie sehen, dass sich sein Mund staunend öffnete. Das geheimnisvolle Gefährt hatte sich vor seinen Augen aufgelöst.
Zik deutete mit den kleinen Pfoten auf einen Apparat, der aussah wie ein Radio. Von der Anzeige lachten die Gesichter von Tino-T-Rex, Miki, Zik und Tante Urke.
„Stell Urke ein“, trug Zik Tino auf. Dieser drehte am Knopf und ließ einen roten Balken zu Tante Urkes Bild wandern. Zik stemmte sich mit den Pfoten gegen eine rote Taste mit Fragezeichen.
Aus einem seitlich angebrachten Trichter drang Knacken und Rauschen.
„Dieses Gerät kann jeden von uns aufspüren“, erklärte Zik wichtig. „Ich werde zur flachen Flunder, wenn es Urke nicht findet.“
Wie aus sehr weiter Ferne drang eine Frauenstimme aus dem Schalltrichter. Tante Urke gehörte sie nicht. Tino und Miki hielten die Ohren nahe an den Trichter.
„Edle Herrscherin des Reichs am Nil“, hörten sie die Frau sagen.
Dann tönte Tante Urkes Stimme: „Bringen Sie Ihr Auto? Blechschaden oder etwas mit dem Motor? ... Äh ... das hier

ist nicht meine Werkstatt. Wo zum Schraubenschlüssel bin ich?"

Das Rauschen wurde lauter und die Antwort ging darin unter. Danach war es nicht mehr möglich, ein weiteres Lebenszeichen der Tante aufzufangen.

Ziks Barthaare zitterten. „Herrscherin des Nils", wiederholte er. „Wir sind hier am Nil. Und Urke auch. Also muss sie ganz in unserer Nähe sein."

„Los!" Gehorsam öffnete Kolumbus auf Mikis Befehl eine Tür. Heiße Luft schlug ihr entgegen und traf sie wie ein Boxhandschuh.

Tino hielt sie am Kragen zurück. „Willst du so los?" Er deutete auf ihre Kapitänsjacke und den gestreiften Rock. „Die Leute werden uns für Außerirdische halten, in unseren Klamotten."

Widerwillig gab Miki Tino Recht.

Zik machte einen Vorschlag: „Wir fahren näher an die Häuser. Samt Chamäleon-Folie. So können wir ausspionieren, wie die Leute im Alten Ägypten angezogen sind!"

Kolumbus schloss sofort wieder seine Tür.

Tino-T-Rex sprang auf den Fahrersitz. Aber seine Beine reichten nicht bis zu den Pedalen hinunter.

„Lass mich, ich bin größer!“, sagte Miki. Es stimmte sogar. Allerdings war sie nur einen Fingerbreit größer. Auch ihre Füße berührten die Pedale nicht.

„Du kniest dich runter und drückst das Gaspedal und die Bremse, ich lenke!“, schlug Tino vor.

Miki wollte es umgekehrt.

Da ließ Kolumbus den Motor von allein wieder anspringen.

„Fährst du uns, Kolumbus?“, fragte Tino-T-Rex begeistert. Das Steuerrad wackelte zustimmend. Kolumbus rollte und bremste, aber lenken mussten die Geschwister. Für Tino kein Problem.

Behutsam setzte sich das Schwimm-Fahr-Flugzeug in Bewegung. Der Boden war holprig und steinig. Tino hielt sich am Steuerrad fest, Miki und Zik wurden kräftig durchgeschüttelt.

Schließlich erreichten sie die Häuser. Kolumbus blieb so stehen, dass sie einen guten Blick in eine kleine Straße hatten.

KROKODIL UND KATZE

Tino-T-Rex zog seine ärmellose Weste mit den vielen Taschen über seinem Fußball-T-Shirt zusammen. Miki knöpfte die Kapitänsjacke zu, die sie so gerne trug. Nein, nackt würden sie bestimmt nicht herumlaufen.

Zik war hochgesprungen und hielt sich mit den Pfoten an einem an der Decke befestigten Griff fest. Dort schaukelte er wie auf einem Trapez, dann zog und zerrte er daran. Ein Deckel klappte herunter und viele Laden und Fächer entfalteten sich. Sie waren voll mit Werkzeug, Nägeln und Schrauben.

„Was suchst du?“, wollte Tino-T-Rex wissen.

„Eine Schere. Muss euch doch die Haare schneiden!“, erklärte Zik.

Tino presste beide Hände auf den Kopf. Nein, seine Locken blieben dran. Auch Miki wollte sich ihre beiden Zöpfchen nicht abschneiden lassen.

„Eure Borsten wachsen doch nach!“, meinte Zik und ließ einladend eine Schere auf- und zuschnappen.

WELCHE KINDER HABEN NUR EINE LOCKE AN DER SEITE?

Die Jungen.

MÜSSEN TINO UND MIKI NACKT GEHEN UM NICHT AUFZUFALLEN?

Nein! Nur kleine Kinder sind nackt.

„Ich gehe allein und suche Tante Urke!“, beschloss Miki. Damit aber war Tino nicht einverstanden. Widerwillig ließ auch er sich von Zik die Haare scheren, bis ihm nur noch eine lange Locke über dem Ohr blieb.

Hinter der Rückbank befand sich eine Truhe, die randvoll mit allerhand Zeug war. Miki kramte darin herum und zog ein braunes Tischtuch und mehrere Stoffstreifen heraus. Daraus begann sie ägyptische Kleidung für Tino und sich zu fertigen. Kolumbus blinkte mit seinem Bildschirm. Miki konnte darauf erkennen, wie diese genau aussah.

ÄGYPTISCHES KLEID

Der Stoff soll von den Achseln bis zu den Knien reichen. Wickle ihn um dich. Ein großes Stück muss überlappen. Mit Sicherheitsnadeln am Rücken fixieren. Schneide zwei schmale Stoffstreifen zu und nähe sie als Träger an.

ÄGYPTISCHE HOSE

Wickle ein Stück Stoff als Schurz um deine Hüften. Fixiere es mit Schnur oder Gürtel. Ein zweites, schmaleres Stoffstück hinten annähen, zwischen den Beinen durchziehen und am Bund feststecken.

STOFFKRONE DES PHARAO

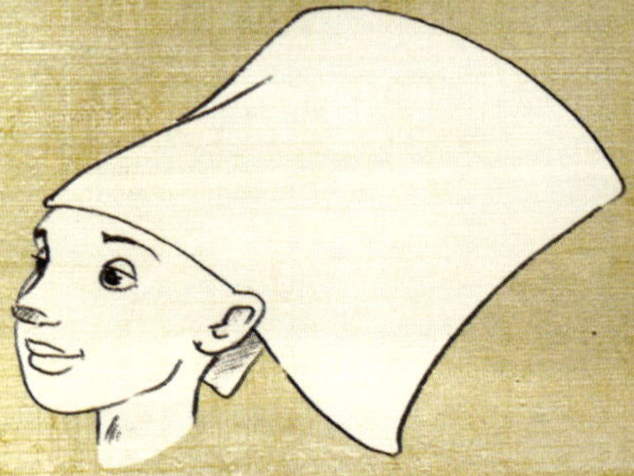

Nimm ein Tuch, das ungefähr so groß wie ein Geschirrtuch ist. Lege es so über den Kopf.

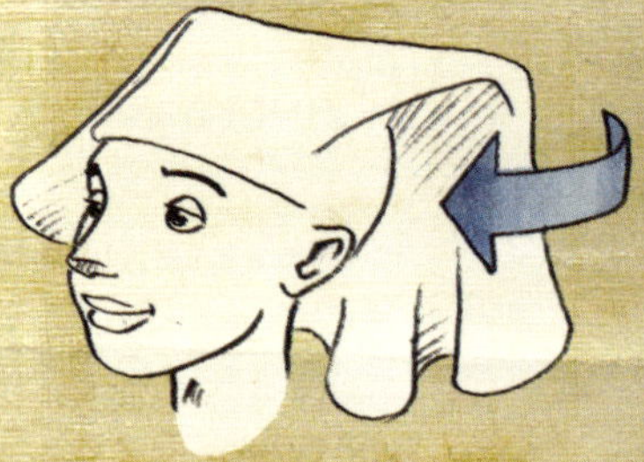

Streich die Ränder hinter die Ohren. Vielleicht brauchst du Haarnadeln um die Stoffkrone festzustecken. Fertig!

DER BART DES PHARAO

Pharaonen rasierten sich und banden sich danach einen falschen Bart um. Bastle ihn aus dem Inneren einer Toilettenpapierrolle.

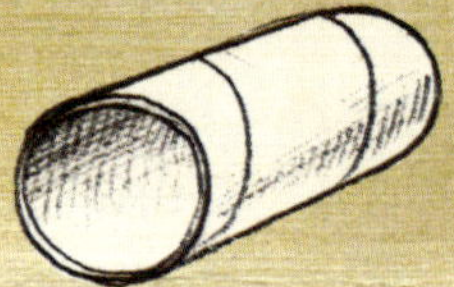

Drücke die Rolle zu dieser Form. Umwickle sie mit buntem Klebeband oder Goldfolie und Klebeband.

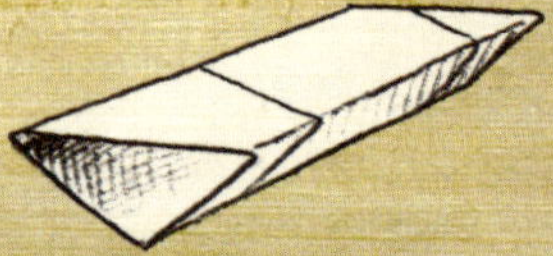

Bohre oben in die Dreiecksrolle mit der Schere zwei Löcher hinein und ziehe Gummibänder durch. So kannst du den Bart an den Ohren befestigen.

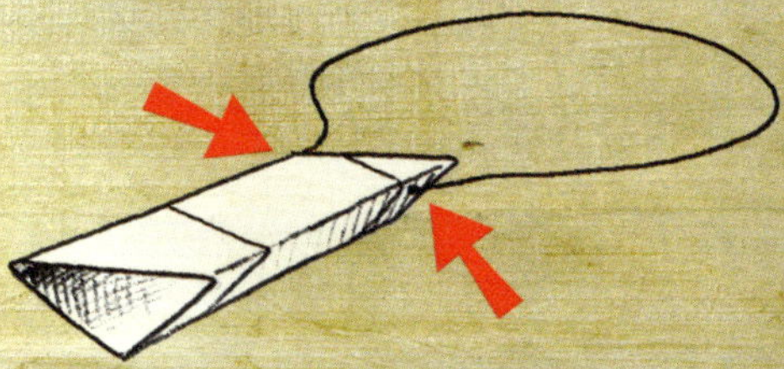

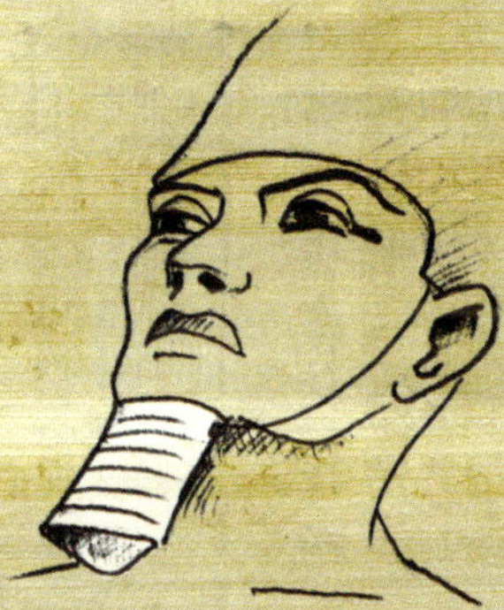

Fertig ist dein Pharaonenbart!

Zik tauchte in die Kiste hinter der Rückbank und eine Weile war nur das Reißen von Stoff und Ziks Summen zu hören. Als er wieder auftauchte, stieß Tino-T-Rex einen erstaunten Pfiff aus. „Du siehst aus wie ein Pharao!“

„Auf die Knie, ihr Seepferdchen!“, befahl die Ratte grinsend. Für weitere Späße war keine Zeit. Sie mussten Tante Urke finden.

„Bitte aussteigen lassen“, sagte Miki und Kolumbus öffnete für sie wieder die Seitentür. Schnell schlüpften sie hinter der Chamäleon-Folie hervor und traten hinaus in die Hitze.

Durch den Staub kam etwas auf sie zugerollt. Tino, der für sein Leben gern Fußball spielte, erkannte das runde Ding als Ball und stoppte es ab. Ein Fußball, wie er ihn kannte, war es nicht. Der Ball war hart und in seinem Inneren rasselte es.

Ein Junge, der etwa so alt wie Tino war, lief auf die Geschwister zu und musterte sie neugierig.

„Wohnt ihr hier?“, fragte er.

Tino staunte. Er verstand den Jungen, obwohl er eine fremde Sprache sprach.

„Wir kommen von weit her!“, antwortete Miki für ihren Bruder.

Verwundert bemerkte sie, dass sie die alte ägyptische Sprache selbst sprechen konnte.

Erst jetzt sah Tino, dass der Ball bunt bemalt war. Er bückte sich danach. Die Kugel war schwer.

„Ich bin Krokodil“, stellte sich der Junge vor. Ein etwas kleineres Mädchen kam neugierig näher. „Und das ist meine Schwester Katze.“

„Sind das Spitznamen?“, wollte Miki wissen.

Der Junge sah sie verständnislos an.

Ungeduldig wiederholte er: „Mein Name ist Krokodil und Katze der meiner Schwester.“

„Ich bin Tino-T-Rex!“ Tino streckte dem Jungen die Hand entgegen.
„T-Rex?“, wiederholte Krokodil langsam.
„Diese Pyramiden-Fischchen haben Saurier noch nicht gekannt!“, zischte Zik in Tinos Ohr. Die Ratte hockte auf seiner Schulter und versteckte sich hinter Tinos Hals.
Das Mädchen hatte langes dunkles Haar und wunderte sich, dass Miki blond war. Sie nahm Miki an der Hand und zog sie mit sich.

„Komm, Mutter zeigt mir heute das Schminken der Augen. Und du musst ihr sagen, wie du deine Haare so sonnenhell gemacht hast."

Bevor Miki protestieren konnte, stolperte sie schon hinter Katze her. Das Mädchen war klein, aber stark.

Tino-T-Rex wollte alles immer genau wissen. „Heißen auch andere wie Tiere?"

Krokodil nickte.

Tino dachte: Gut, dass es das heute nicht mehr gibt. Sonst hätte mich Papa vielleicht Waschbär genannt oder Mistkäfer und Stinktier, wenn ich mich nicht baden will.

„Wirf den Ball!", forderte Krokodil ihn auf. Tino tat es und Krokodil fing ihn geschickt.

„Was klappert da drin?", fragte Tino.

„Perlen!", antwortete Krokodil.

Im Inneren des Hauses war es ein wenig kühler. Miki sah dicke Steinsäulen und Holzbalken, die die Decken stützten. Die Wände waren in blassem Gelb oder Rot bemalt. Stühle und Tische waren aus Holz gezimmert und statt Schränken gab es Truhen. Katzes Mutter war eine schlanke Frau. Sie musste reich sein, denn eine Dienerin half ihr gerade ein Gewand aus dünnem, weißem Stoff anzulegen. In vielen

ten hing es von den Schultern. Der Kopf der Mutter war kahl rasiert, was Miki komisch vorkam.
„Komm zu mir, Katze!", forderte die Mutter ihre Tochter auf. Katze trat an den niedrigen Tisch, vor dem ihre Mutter auf einem Hocker saß.

Im Alten Ägypten hatten viele Frauen und Männer einen kahl geschorenen Kopf. Sie trugen kunstvolle Perücken aus Menschenhaar.

„Darf das neue Mädchen auch zusehen?“, fragte Katze. Ihre Mutter hatte nichts dagegen.
Miki sah, dass die Ägypterin schwarzes und grünliches Pulver aus Tiegeln nahm und in kleinen Schälchen mit Öl vermischte.
„Das ist Staub von zerriebenen Glitzersteinen“, erklärte Katze aufgeregt.
Mit der Fingerspitze malte sich die Mutter dicke schwarze Linien auf die Augenlider und die Brauen. Darüber kam eine Linie blaue Schminke.
Miki staunte über den Spiegel, den Katzes Mutter in der Hand hielt. Er war ein Stück auf Hochglanz poliertes Metall.

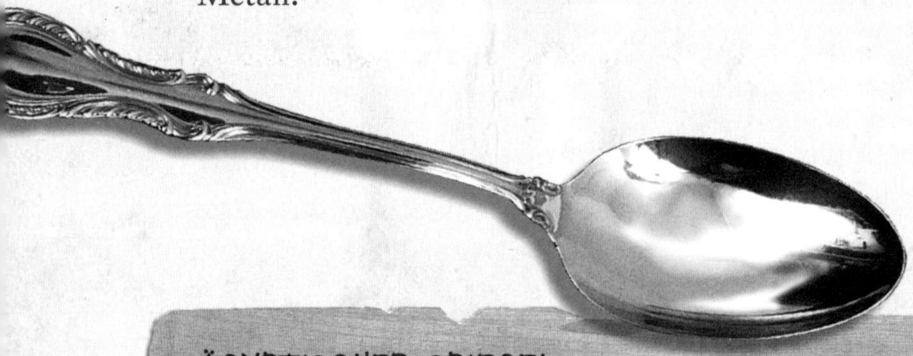

ÄGYPTISCHER SPIEGEL

Wie man sich in einem Spiegel aus poliertem Metall gesehen hat? Nimm einen Suppenlöffel und schau hinein. Dann weißt du es.

SCHMINKEN WIE ÄGYPTER

So haben sich Ägypterinnen die Augen geschminkt.

Das Schriftzeichen für Auge hat so ausgesehen.

„Du wirst dir auch bald die Augen schminken wie ich", sagte die Mutter zu Katze. „So schützt du deine Augen vor der Sonne."
Beim Ballspielen fiel Tino ein roter Striemen auf Krokodils Arm auf. „Du hast dir wehgetan", sagte er mitfühlend.
Krokodil lächelte etwas gequält. „Das war unser Lehrer. Ich habe an das neue Schiff gedacht, das Vater gekauft hat. Weil ich nicht aufmerksam war, hat er mich geschlagen. Mit dem Stock."
Tino-T-Rex war froh, dass er nicht im Alten Ägypten zur Schule gehen musste. Krokodil lief zum Haus und kam mit einer grauen Tontafel zurück, in die Zeichen, die Tino nicht

PAPYRUS

Die alten Ägypter erzeugten eine Art Papier. Dazu schnitten sie die Stängel der Papyruspflanze (die ungefähr aussieht wie Schilf) in feine Streifen. Die Streifen wurden gitterförmig übereinander gelegt und gepresst. Nach dem Trocknen konnte darauf geschrieben werden. Unser Wort PAPIER kommt von Papyrus.

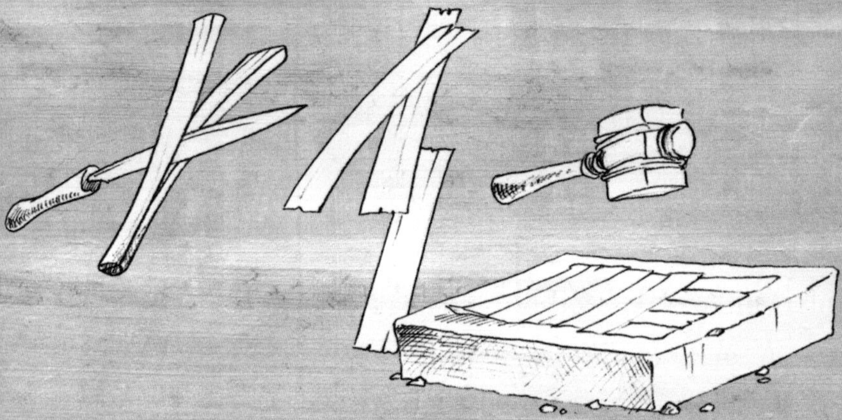

lesen konnte, eingeritzt waren. Mit der anderen Hand hielt Krokodil einen spitzen Metallstift hoch.

„Und wir müssen so viel schreiben bei unserem Lehrer!“ Er rollte die Augen um zu zeigen, wie ungern er schrieb. Aus einer Kiste holte er ein zusammengerolltes Stück Papier. Er öffnete es und strich es glatt. Tino-T-Rex beugte sich darüber. Es war kein Papier wie in seinen Schulheften.

Das große Blatt fühlte sich rau an. Viele kleine Bilder waren darauf zu sehen.

„Auf diesem Papyrus hat der Lehrer alle Schriftzeichen für uns aufgemalt. Wir müssen sie lernen und sollen sie selbst so schön schreiben können."

Tino-T-Rex ließ sich von Krokodil die Bedeutung der Schriftzeichen erklären. Er hatte sie schon einmal im Museum gesehen. Hieroglyphen wurden sie genannt.

HIEROGLYPHEN

Den „Papyrus" mit den Hieroglyphen findest du in deinem Rucksack.

„Schenkst du mir den Papyrus?", bat er Krokodil.

„Von mir aus. Ich werde dem Lehrer sagen, Roro hätte ihn verschleppt."

„Zu welchem Lehrer gehst du?", fragte Krokodil Tino-T-Rex. „Wieso hat er euch die Schriftzeichen nicht beigebracht?"

Unruhig sah sich Tino nach Miki um. Reden war mehr ihre Sache. Was sollte er nur antworten?

„In welchem Haus wohnt ihr?", forschte Krokodil weiter. Tino schwitzte und daran war nicht nur die Hitze schuld.

Außerdem hatte er Durst. Und auf die Toilette musste er auch. Gab es im Alten Ägypten schon Toiletten?

Verlegen druckste er herum. „Äh ... also ... ich muss mal."

Grinsend beobachtete Krokodil, wie Tino von einem Fuß auf den anderen trat. „Hinter dem Haus ist ein Erdloch."

Tino wurde rot.

Krokodil kicherte. „Erdlöcher sind nur etwas für die Bauern. Wir haben etwas anderes. Komm mit." Er führte ihn ins Haus zu einem Vorhang. Dahinter befand sich eine tiefe Wandnische. Für Tino sah die Toilette ein bisschen aus wie ein Katzenklo. Eine Wasserspülung gab es auch nicht. Als er wieder hinter dem Vorhang hervortrat, rief Krokodil einen Namen. Eine Dienerin erschien und trug die Schüssel mit Sand fort.

Katze und Miki kamen aus einem anderen Teil des Hauses. Beide hatten geschwungene schwarze Striche um die Augen wie die erwachsenen Frauen. Sie waren stolz.

„Hast du unseren Gästen schon Roro gezeigt?", rief Katze. Krokodil tat, als wäre Roro nichts Besonderes. Katze rief nach der Dienerin und trug ihr auf, Roro zu holen.

„Ein Affe!", staunte Miki, als die Dienerin ihnen ein pelziges Tier mit verschmitztem Gesicht brachte.

„Wir haben ihm beigebracht auf Palmen zu klettern und uns süße Datteln zu pflücken!“, sagte Katze stolz.
„Was ist denn das für eine Wasserspinne?“, empörte sich Zik, der noch immer auf Tinos Schulter hockte, eifersüchtig. „Und Urke habt ihr auch noch nicht gefunden.“
Roro bemerkte ihn und hob neugierig den pelzigen Kopf. Mit einem freudigen Kreischen entwand er sich dem Griff der Dienerin, sprang Tino an und packte den kleinen Zik mit der Pfote. Die Ratte japste empört, weil Roro sie so fest drückte, und ruderte mit den Pfoten. Keuchend schimpfte er: „Loslassen, du Meerkatze! Hast du Seegurken in den Ohren? Loslassen!“
Flink wieselte der Affe davon und lief über eine steinerne Treppe nach oben. „Blib Zikzück!“, rief Tino aufgeregt. Er hatte rufen wollen: „Bleib stehen! Gib Zik zurück!“

GROSSER WAGEN

DIE FALSCHE KÖNIGIN

Bis auf das Dach hinauf stürmte der Affe. Die Häuser standen Mauer an Mauer. Die Dächer waren flach und Roro sprang, noch immer Zik an sich pressend, von einem zum anderen.

Krokodil und Katze verfolgten ihn rufend und winkend. Geschickt kletterten sie über hohe Vasen und turnten an Stangen hinauf. Sie schienen sich auf den Dächern gut auszukennen.

Selbst eine Mauer, die hoch vor ihnen aufragte, war für sie kein Hindernis. Katze bewies, wie gut der Name zu ihr passte. An vorstehenden Steinen turnte sie geschmeidig die Wand hinauf.

Nur mit Mühe und in großem Abstand folgten Miki und Tino-T-Rex.

Krokodil rief warnend: „Vorsicht, das schwarze Auge!“

Aber es war zu spät.

Roro war auf das höchste Dach der Straße gesprungen und als Katze ihm folgte, stand plötzlich ein hagerer Mann in einem langen dunkelblauen Gewand vor ihr. Er stützte sich auf einen golden glänzenden Stab und links und rechts von seinem Kinn hingen zwei lange gekrauste Bartlocken herab. Ein schneller Griff und er hatte Roro eingefangen. Mit ausgestreckten Armen hielt er ihn vor sich.
Erschrocken wich Katze zurück. Sie hatte Angst vor dem Mann.
Tino-T-Rex erkannte ihn. Es war der Mann, der vorhin Kolumbus vom Turm aus beobachtet hatte.
„Die beiden Fremdlinge zu mir, dann lasse ich euren Affen frei!“ Die Stimme des Mannes war tief und erinnerte an Donnergrollen.
Zik zappelte und biss den Affen in die Pfote, aber noch immer ließ ihn Roro nicht los.
Tino-T-Rex wackelte mit den Ohren, so angestrengt überlegte er.
Der Mann ging steifbeinig. Ohne sich vorzubeugen, schaute er von oben auf sie herab.
„Es soll euch nichts geschehen“, versprach er. „Doch will ich reden mit euch.“
„Wer ist das?“, fragte Miki Krokodil.

„Nitek heißt er. Er beobachtet die Sterne. Oft schläft er den ganzen Tag. Wenn wir beim Spielen zu laut sind, schimpft er aus dem Fenster seines Turmes."
„Kommt!", befahl Nitek. Er entdeckte Zik in den Pfoten des Affen und nahm ihn mit spitzen Fingern am Stoff des Gewandes. Wie einen Welpen hielt er ihn hoch. Zik strampelte und zappelte und protestierte lautstark. Nitek ließ Roro zu Boden und sperrte die Ratte in eine kleine Truhe aus dunklem Holz. Sofort ergriff der Affe die Flucht.
„Er hat euer Haustier!", meldete Katze besorgt.
Aus der Kiste drang wütendes Schimpfen und Klopfen.
Tino-T-Rex zögerte nicht mehr. Er kletterte weiter, seine Schwester folgte ihm auf dem Fuß. Ohne die beiden zu begrüßen, schritt Nitek durch eine Öffnung in der Wand ins Innere seines Turmes. Die Truhe nahm er mit. Es blieb den Geschwistern nichts anderes übrig, als ihm zu folgen.
„Wir ... wir warten daheim auf euch!", versprach Katze unten.
Das Turmzimmer war quadratisch und blau ausgemalt. An die Decke waren weiße Punkte getupft.
Nitek steckte den Kopf noch einmal ins Freie und vergewisserte sich, dass Katze fort war. Dann wandte er sich an Miki und Tino, die eng beisammen in einer Ecke standen.

„Wo ist der geheimnisvolle Wagen, der euch hergebracht hat?“, fragte er bohrend.
Tino-T-Rex bekam eine Gänsehaut.
„Ich habe es in den Sternen gelesen. Ein Wagen wird kommen und etwas bringen, das es noch nie gegeben hat.“
Mit seinem langen knochigen Finger deutete er auf sieben Punkte an der Decke. Tino erinnerte sich, dass sein Vater ihm dieses Sternbild schon einmal gezeigt hatte.
Es hieß GROSSER WAGEN.
Noch immer hatte Tino Durst. Großen Durst. Seine Zunge fühlte sich an wie Löschpapier.
Neben ihnen, auf einer Säule, stand ein Tongefäß, aus dem Wasser tropfte. Es fiel klatschend in ein zweites Gefäß darunter. An dessen Innenseite waren Ringe in den Ton geritzt.
Tino nahm allen Mut zusammen und zeigte auf das Wasser: „Darf ich ... das trinken?“
Empört winkte Nitek ab.
„Hier lese ich die Zeit ab. Bei Sonnenaufgang fülle ich das obere Gefäß und bis zum Sonnenuntergang ist es leer.“
Er trat an eine Truhe, hob den Deckel und nahm einen Krug und zwei Tonbecher heraus. Zu trinken gab er Tino und Miki Milch. Sie roch anders als die Milch, die sie sonst tranken.

BAU EINE WASSERUHR

Nimm eine große Plastikflasche. Bohr unten mit einem Nagel ein kleines Loch hinein. Füll sie mit Wasser, aber schraub sie nicht zu. Stell die Flasche am besten auf einem umgedrehten Blumentopf in eine große Schüssel.

Das Wasser läuft langsam aus. Klebe an der Seite einen Papierstreifen auf. Markiere jede Minute den Wasserstand.

Ist die Flasche leer, füll sie wieder und kontrolliere, wie genau sie dir die Zeit anzeigt.

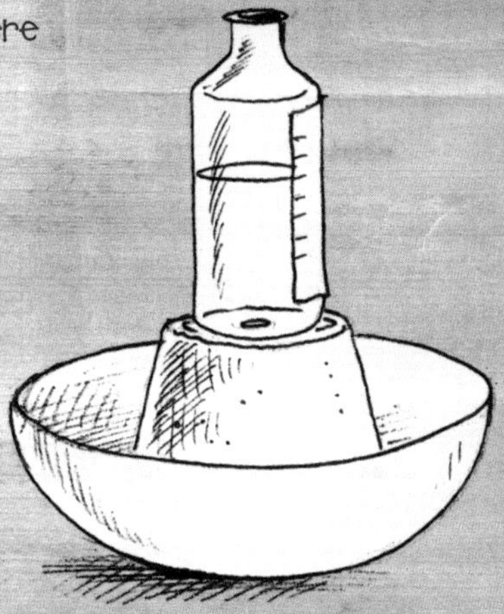

„Ziegenmilch!“, erklärte Nitek, nachdem die beiden die Becher geleert hatten.

Miki, die gerne Ziegenkäse aß, leckte sich die Lippen.

Ihr Bruder schüttelte sich schaudernd.

Nitek hob zwei Brotlaibe aus der Truhe, die die Form von Krokodilen hatten.

BACKE ÄGYPTISCHES BROT

Du brauchst:

zwei Tassen Vollkornmehl,

eine Tasse warmes Wasser,

eine Messerspitze Salz.

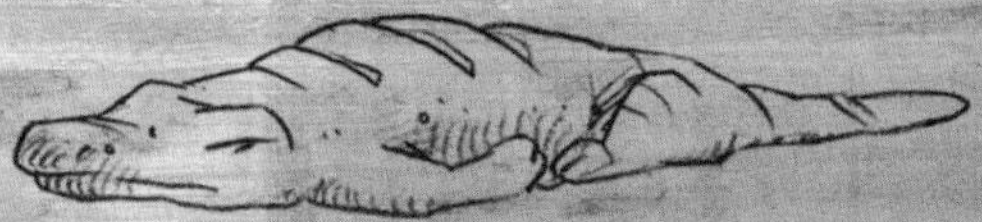

So wird's gemacht:

Mehl, Wasser und Salz vermischen und fünf Minuten lang fest kneten. Forme kleine Brotlaibe, Ringe oder flache Fladen. Leg Alufolie auf ein Backblech und reib sie mit Butter ein. Darauf kommen deine Mini-Brote. Lass sie eine Nacht stehen. Dann eine halbe Stunde bei 125 Grad backen. Auskühlen lassen und kosten. Wie schmeckt das ägyptische Brot?

„Frisch vom Bäcker", sagte er lockend. Er stellte die Schale zurück und schlug den Deckel der Truhe zu.

Aus der anderen kleinen Truhe, in der Zik gefangen saß, kam leises Trommeln und Rufen.

„Aufmachen, du seekrankes Walross!"

Nitek machte Tino und Miki Angst. Sie mussten Zik befreien und sich irgendwie davonschleichen.

„In den Sternen habe ich gelesen, dass in einem geheimnisvollen Wagen das Amulett und eine falsche Königin kommen. Zuerst wird sie verehrt, dann aber den Krokodilen vorgeworfen."

„Wib?", entschlüpfte es Tino. Er wollte „Wie bitte?" sagen, doch wieder einmal rutschten ihm die Wörter zusammen.

„Wer --- seid --- ihr?" Nitek kam drohend näher. Er war ein sehr großer Mann und schien Kräfte zu haben wie ein Bär. Sein Blick war stechend. Die Spitzen seiner Bartlocken zitterten ungeduldig. „Wo --- ist --- euer --- Wagen?"

Tino und Miki hatten das Gefühl, von seiner Stimme hypnotisiert zu werden. Sie spürten, dass sie ihm bald nicht mehr würden Widerstand leisten können.

Nitek beugte sich zu ihnen. Seine Augen waren groß und dunkel und er schien in die Köpfe der Geschwister blicken zu können. „Der Wagen?", wiederholte er. Die Augen kamen den Geschwistern wie zwei schwarze Löcher vor, die sie gleich verschlucken würden wie schwarze Löcher im Weltall das Licht. Sie konnten es nicht länger verheimlichen. Sie mussten alles verraten.

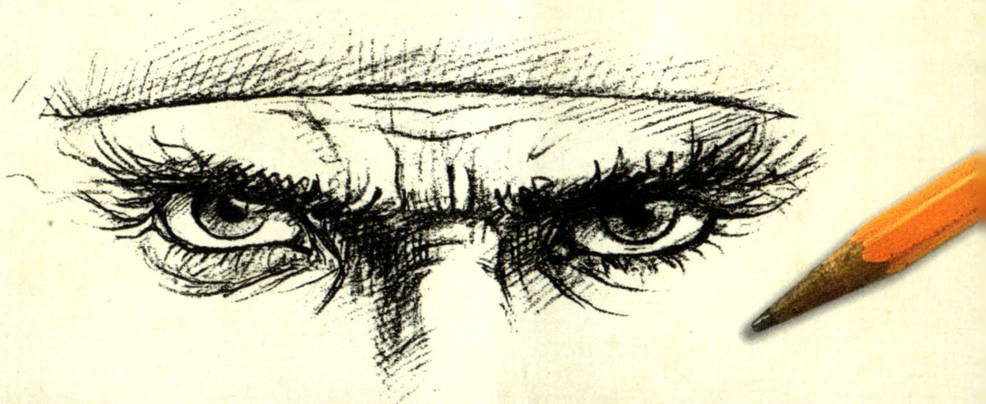

PYRAMIDEN-WUNDER

Stille! Im Turmzimmer war es völlig still. Draußen schien die Welt stehen geblieben zu sein. Kein Geräusch drang herein. Ein hohes Knacken war der einzige Laut, der an die Ohren von Tino und Miki drang. Ihm folgte ein langes Singen, wie das eines Sängers, der sehr, sehr falsch sang.

Niteks Nase war so nahe an den Gesichtern der Geschwister, dass sie seinen Atem spüren konnten. Sein Blick hatte sie erstarren lassen.

„Aaaaaaa!" Mit diesem lauten Schrei stolperte Nitek nach hinten. Er fuchtelte mit den Händen durch die Luft, als wollte er eine Fliege vertreiben. Miki und Tino-T-Rex konnten sich wieder bewegen und sahen auf Niteks Glatze den kleinsten Pharao der Welt. Mit den feinen Krallen seiner Pfoten klammerte er sich fest, rutschte dann seitlich über das Ohr herunter und sprang auf eines der Bartenden. Wie an einer Liane schwang sich Zik hin und her.

Völlig verwirrt taumelte Nitek im Kreis. Er wusste nicht, wie ihm geschah, und ruderte mit den Armen. Zik holte Schwung und segelte, die Pfoten wie ein Flughörnchen zur Seite gestreckt, auf Tino zu, der ihn auffing. Die drei flüchteten auf das Dach hinaus. Hinter ihnen polterte und schimpfte Nitek.

Sie mussten fort. Schnellstens fort. Aber wie? Springen war unmöglich. Sie befanden sich im dritten Stock. Über die Mauer klettern war zu langsam.

Schon tauchte der tobende Nitek in der Türöffnung auf. Aus seinen Augen schienen Funken zu sprühen.

Miki holte tief Luft und rief aus Leibeskräften: „Hierher, Kolumbus!“

Ihre Stimme schallte über die Dächer der Häuser.

„Dageblieben, ihr Würmer!“, keuchte der wütende Mann. Er streckte die Hände nach den Geschwistern aus, die mit dem Rücken gegen die Brüstung des Daches standen.

Mit einer Pfote klammerte sich Zik an Tinos letzter Haarlocke fest, mit der anderen boxte er drohend in die Luft.

Nitek beeindruckte das wenig.

„Zurück! Hinein!“, befahl der Mann scharf.

Es gab keinen Ausweg. Sie konnten nicht vom Turm flüchten.

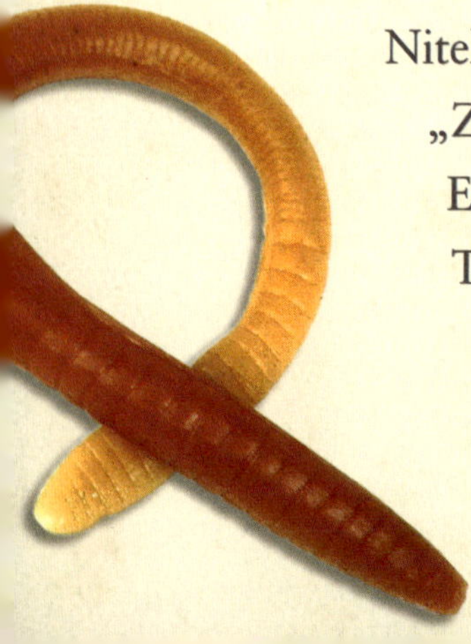

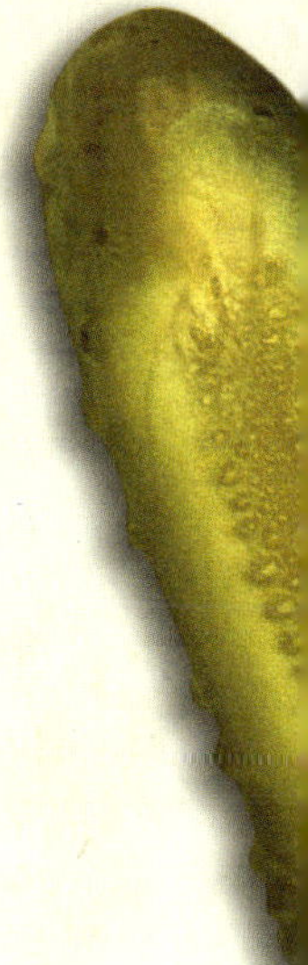

In Niteks dunklen Augen spiegelte sich etwas Gestreiftes. Hinter Miki und Tino surrte es.

„Auf den fliegenden Wal ist Verlass!“, jubelte Zik.

Am Ballon hängend stieg Kolumbus aus der Tiefe hoch und hupte sein HONK! HONK! Die Seitentür klappte von allein auf und die Geschwister hechteten in das Innere des Forscher-Schwimm-Fahr-Flugzeuges.

Als Nitek ihnen folgen wollte, knallte ihm die Tür vor der Nase zu und Kolumbus stieg höher zum Himmel.

Zik zeigte Nitek die lange Nase und lachte ihn aus.

„Da guckst du, du Plattnasen-Barthai!“

„Danke!“, sagten die Geschwister erleichtert. „Danke, Kolumbus!“

Durch das Wagenfenster sahen Tino und Miki Nitek toben und schreien. Mit einem tiefen Seufzer ließen sie sich auf die Rückbank sinken. Zwischen den vorderen Sitzen war ein kleiner Kühlschrank eingebaut, aus dem sie sich Limo nahmen. Es gab auch Pumpernickel-Brot, Käse und Essiggurken. Den größten Teil des Käses verdrückte Zik, die meisten Essiggurken Tino und das Pumpernickel-Brot die dünne Miki.

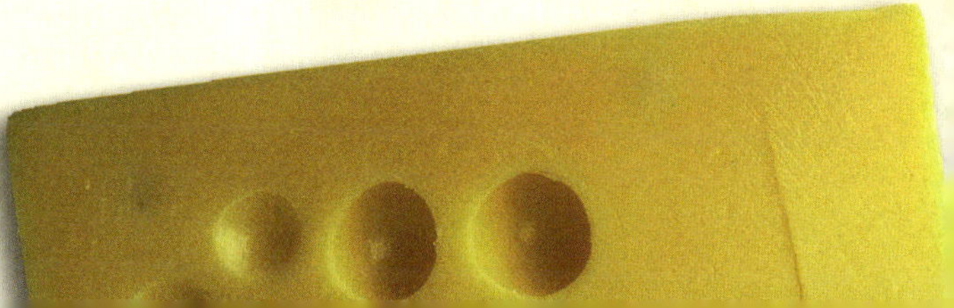

Kolumbus' Propeller trieb das Luftschiff an und ließ es über dem dunklen Band des Nils dahinschweben. Kauend schauten Tino und Miki aus den Fenstern.

„Die Pyramiden!“, rief Miki aufgeregt. Sie kletterte auf den Fahrersitz, auf dem sonst immer Tante Urke saß, und drückte das Steuerrad ein wenig nach vorn. Sie hatte die Tante das oft machen sehen, wenn sie den fliegenden Kolumbus tiefer steuern wollte. Miki wollte die Pyramiden unbedingt aus der Nähe sehen.

Sie waren riesig. Kolumbus wirkte neben ihnen wie eine Fliege. Tino-T-Rex schob sich auf den Beifahrersitz.

Nachdenklich sah er die Zeituhr an. Es juckte ihn in den Fingern, am einzigen Zeiger zu drehen.

„Anschnallen!“, sagte er zu den anderen.

Zik legte den Sicherheitsgurt auf der Rückbank an, die Geschwister die der vorderen Sitze.

„Was hast du vor?“, wollte Miki wissen.

„Wir können die Zeit zurück und wieder nach vorn drehen“, erklärte Tino. Als er mit dem Finger langsam den Zeiger bewegte, hatte Miki das Gefühl, ihre Haare stünden nach oben.

Die Pyramiden begannen von oben nach unten immer kleiner und kleiner zu werden, als würde man einen Film rückwärts laufen lassen. Schließlich waren sie völlig verschwunden.

„Ich habe die Zeit zurückgedreht. Wir sind jetzt in einer Zeit, als es die Pyramiden noch nicht gab!“, sagte Tino-T-Rex. Und wieder bewegte er den Zeiger, diesmal in die andere Richtung. Was in Wirklichkeit viele Jahre gedauert hatte, erlebten sie nun in Minuten.

Der Wüstensand wurde weggeschafft, bis darunter Fels zum Vorschein kam.

Das Wasser des Nils wurde zum Fels geleitet.

Stein, der aus dem Wasser ragte, wurde entfernt. Immer wieder, bis der Boden völlig glatt und eben war.

Der Polarstern wurde gesucht, denn die Seiten der Pyramide sollten genau nach Norden, Süden, Osten und Westen zeigen.

Aus riesigen Steinblöcken wurde zuerst die unterste Ebene gebaut. Jeder Steinblock wiegt so viel wie zwei Autos. Jede Seite der Pyramide ist so lang wie acht Fußballfelder. Neuer Stein wurde oft auf Schiffen gebracht. Deshalb wurden die Pyramiden in der Nähe des Nils errichtet.

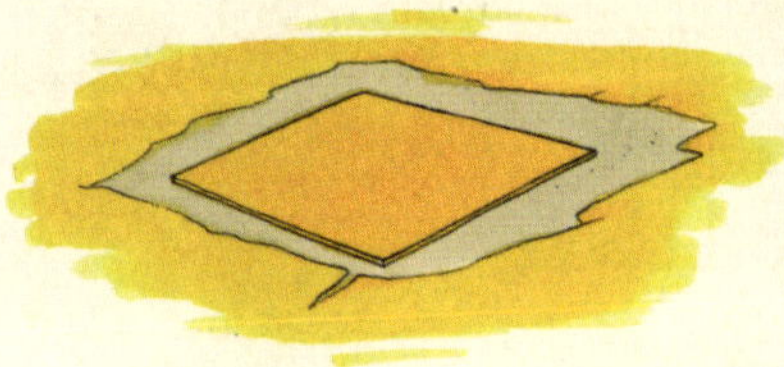

Rampen aus gepresstem Sand wurden angelegt. Auf ihnen konnten die Steine nach oben befördert werden.

Im Inneren der Pyramide wurden Grabkammern und Gänge angelegt. Später sollte die Mumie des Pharaos hier bestattet werden.
Außen wurde die Pyramide mit Kalkstein verkleidet.
Die Wände sollten glatt sein.

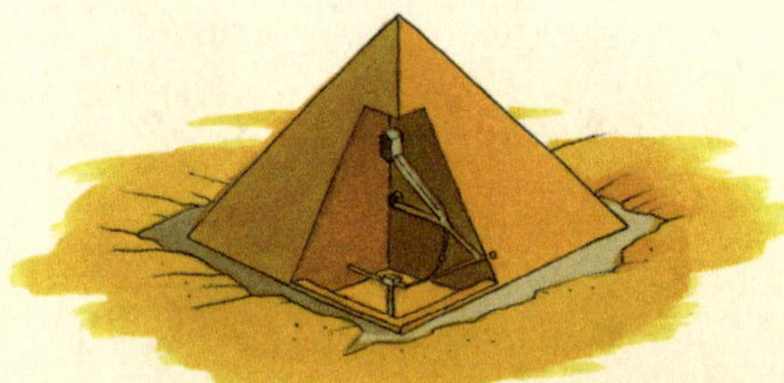

DEINE PYRAMIDE

Im Rucksack findest du eine Pyramide. Falte sie und klebe sie zusammen. Pyramiden in Ägypten stehen nicht irgendwie. Stelle deine Pyramide auf wie die Pyramiden von Gizeh.

Die Pyramide muss waagerecht stehen. Nimm ein Glas Wasser und stelle es auf die Fläche, auf der deine Pyramide stehen soll. Ist die Fläche waagerecht, steht das Wasser im Glas so:

Die Wände sollen nach Süden, Osten, Norden und Westen zeigen. So kannst du die Himmelsrichtungen herausfinden: Die Sonne geht im Osten auf, steht zu Mittag im Süden und geht im Westen unter. Wo der Schatten zu Mittag hinzeigt, ist Norden.

Auch in der Nacht kannst du die Himmelsrichtungen bestimmen. Suche den Polarstern. Den Großen Wagen kannst du einfach ausfindig machen.

Verlängere die hintere Seite um das Fünffache. Dort leuchtet der Polarstern. Er steht genau im Norden.

Rätsel um Tante Urke

Nachdem Tino-T-Rex den Zeiger wieder in die alte Position gedreht hatte, lehnte er sich im Sitz zurück. Ihm war kühl auf dem kahlen Kopf. Deshalb rubbelte er sich die Glatze mit den Händen warm.

„Erinnert ihr euch an das, was wir aus dem Schalltrichter gehört haben?“ Er deutete auf das Ding, das wie ein riesiges Horn aussah. „Jemand hat zu Tante Urke gesagt, sie sei eine Herrscherin des Nils oder so.“

Miki zappelte vor Aufregung mit den Beinen. „Und Tante Urke war ganz verwirrt.“

Tino fuhr fort: „Dieser komische Nitek hat von einer falschen Königin und von einem Amulett gesprochen. Im Museum haben wir doch ein Amulett gesehen.“

„Aber Nitek hat gesagt, es sei im seltsamen Wagen gekommen. Mit dem seltsamen Wagen könnte Kolumbus gemeint sein. Doch wie sollte das Amulett hineingekommen sein und vor allem: Wo ist es jetzt?“, fragte Miki.

WO IST DAS AMULETT?

Tante Urke hat es in die Tasche gesteckt.

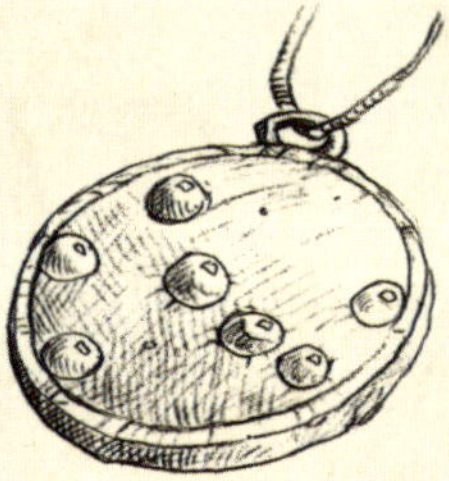

Tino-T-Rex konnte Rätsel blitzschnell lösen, für die selbst seine Lehrer viel länger brauchten. Er malte mit dem Zeigefinger liegende Achten in die Luft und erzählte Miki und Zik seine Idee: „Da Tante Urke das Amulett hat, ist sie hier im Alten Ägypten zur Königin geworden. Bei der Zeitreise ist sie aus dem Auto verschwunden, weil die Königin in ihrem Palast sein muss.“
„Die falsche Königin“, wiederholte Miki aufgeregt die Worte Niteks. Sie griff nach dem Steuerrad. „Wir müssen den Palast finden und sie holen. Volle Fahrt voraus!“
Tino nickte. „Wenn entdeckt wird, dass sie keine echte Königin ist, wird sie vielleicht wirklich den Krokodilen vorgeworfen.“ Mikis Haare sträubten sich bei diesem Gedanken.

Geschützt unter der Chamäleon-Folie glitt Kolumbus durch die Luft. An den Ufern des Nils arbeiteten die Bauern auf ihren Feldern. Manche waren arm und mussten den Holzpflug selbst ziehen, weil sie sich kein Rind leisten konnten, das diese Arbeit gemacht hätte. Die Häuser der Bauern waren viel kleiner als das Haus, in dem Krokodil und Katze lebten. Grau und matt waren die aus Lehm geformten Mauern.

Auf dem Nil waren viele Schiffe unterwegs. Die meisten waren lang und schmal und hatten breite, rechteckige Segel. Durch sein Fernglas, das er immer bei sich trug, erspähte Tino-T-Rex sogar Flusspferde. Einer der grauen Riesen tauchte plötzlich und überraschend aus dem Nilwasser auf und griff ein kleines Boot an. Die beiden Fischer, die darin saßen, schlugen mit den Holzpaddeln auf das Flusspferd ein und schafften es, das Tier zu vertreiben. Danach paddelten sie schnell zum Ufer. „Palast, Steuerbord voraus!“, rief Miki und deutete auf ein mächtiges Bauwerk aus gelblichem Stein. Säulen, die die Dicke eines 1.000 Jahre alten Baumes hatten, stützten steinerne Balken.

Zik, der ein kleines Schläfchen gehalten hatte, erwachte. „Klar machen zur Landung!“, rief er und rückte die Stoffkrone seiner Verkleidung zurecht.

„Wir landen besser im Palast!“, schlug Tino-T-Rex vor. Das Tor war streng bewacht und bestimmt würde man sie nicht einfach einlassen.

In der Mitte des Palastes gab es einen von hohen Mauern und Säulen umgebenen Hof. Palmen streckten ihre langen Stämme und grünen Fächerblätter gegen den Himmel. In einem großen Becken glitzerte Wasser. Mit ernsten Gesichtern schritten zwei Männer durch die Säulengänge. Einer trug ein langes weißes Gewand mit einem breiten goldenen Kragen. Der andere hatte ein Leopardenfell umgehängt. Die zwei schienen in ein Gespräch vertieft zu sein.

„Wir müssen hören, was sie sprechen!“, sagte Miki.

„Klappe auf!“, kommandierte Zik.

Miki öffnete den Mund wie beim Zahnarzt.

„Nicht diese Klappe. Diese!“ Zik sprang auf den flauschigen Teppichboden, zog eine Ecke des Teppichs hoch und

deutete auf eine rechteckige Öffnung im Blech. Tino kniete sich neben ihn und zog am Griff. Die Klappe schwang auf. Von unten war Gemurmel zu hören. Was die Männer genau sprachen, verstanden weder Tino noch Zik.
„Wir brauchen ein Hörrohr!“, flüsterte Miki.

KOLUMBUS

WAS KÖNNEN SIE VERWENDEN UM MEHR ZU HÖREN?

ISDNENTTSJCHUFALHGL
ZTTHBRIXXYCHMLTYER

BAU DIR EIN HÖRROHR

Drehe ein Stück dünnen Karton oder festes Papier zu einer langen Tüte. Das spitze Ende soll offen sein. Halte es an dein Ohr und richte die große Öffnung auf ein leises Geräusch. Du hörst es lauter. Der Trichter fängt viele Schallwellen ein und leitet sie in dein Ohr.

Miki reichte ihrem Bruder, was sie gefunden hatte. Tino-T-Rex dachte: Bitte, bitte, bitte, entdeckt das Hörrohr nicht! Dann streckte er es vorsichtig durch die Öffnung und hielt es an sein Ohr.
Der Mann im weißen Gewand fragte: „Priester, woher kommt die Frau mit den Eulenaugen?“
Das kann nur Tante Urke sein, dachte Tino. Mit ihrer Brille erinnerte sie an eine Eule.

„Minister, wir haben keine Erklärung für das Auftauchen der Frau. Auch wissen wir nicht, warum sie das Amulett der Herrscherin bei sich trägt“, antwortete der Priester.
Der Minister schüttelte ratlos den Kopf. „Die Diener des Palastes dachten, die Königin sei aus dem Reich der Toten zurückgekehrt. Was soll mit der Frau geschehen?“
Der Priester hob das Kinn. „Sie wird die Herrscherin auf der Reise ins Totenreich begleiten. Sie wird schon in die

Pyramide gebracht, bevor die Grabkammer nach dem Untergang der Sonne für alle Zeiten verschlossen wird."

Tino-T-Rex' Ohren wackelten. Was er da hörte, war entsetzlich.

„Es ist der Wille der Götter!", bekräftigte der Priester. „Der neue Pharao sieht es genauso. Er, der Sohn unserer verehrten Königin, die das Reich der Lebenden verlassen hat."

Im nächsten Moment verstummten die Männer und verneigten sich tief. Ein junger Mann war vor sie getreten. Er trug eine Stoffkrone, die von einem goldenen, vorn mit einer aufgestellten Schlange verzierten Reifen auf dem Kopf gehalten wurde.

„Ich will noch einmal in die Grabkammer meiner Mutter", sagte er. Es war keine Bitte, sondern ein Befehl. „Ich möchte ihr ein Symbol des Glücks mitgeben."

In diesem Moment verlor Tino-T-Rex das Gleichgewicht. Er kippte nach vorn und schrie auf. Zik, der auf seinem Kopf saß, konnte sich gerade noch an der einzelnen Haarlocke festklammern. Kopfüber hing Tino aus der Luke.

Der Anblick, der sich dem Pharao, seinem Minister und seinem Priester bot, muss unvorstellbar gewesen sein: Unter der Chamäleon-Folie guckte ein halber Tino hervor, der noch immer das gebogene Hörrohr hielt.

„Ergreift ihn!“, rief der Pharao wütend. Kolumbus ließ den Propeller an seinem Hinterteil surren und pumpte noch mehr Fluggas in den Ballon. Als die Wächter mit ihren Lanzen nach Tino stießen, war er schon zu hoch. Miki zerrte an seinem Gürtel und zog ihn und Zik zurück. Alle atmeten auf, als die Klappe wieder geschlossen war.

„Hast wirklich Glück, dass ich dich gerettet habe“, sagte Zik stolz.

Tino und seine Schwester wechselten einen erstaunten Blick. Zik bemerkte das nicht und putzte sich zufrieden die Barthaare.

Sie wussten jetzt, wo Tante Urke zu finden war. Kolumbus sollte dem Pharao unsichtbar zur Pyramide folgen, in der die Tante gefangen gehalten wurde. Viel Zeit blieb nicht, um sie zu befreien.

DIE GÖTTER DER ÄGYPTER

RE: Der Sonnengott

SOBEK: Der Gott mit dem Krokodilskopf.
Er brachte das Wasser.

TOTH: Der Gott mit dem Ibiskopf.
Er stand für Weisheit und
soll Schrift und Sprache
erfunden haben.

HORUS: Der Gott mit dem Falkenkopf
beschützte den Pharao.

HATHOR: Die Liebesgöttin mit Kuhhörnern

OSIRIS: Der Gott der Unterwelt

BES: Der kleine Gott des Glücks und der Fröhlichkeit

ANUBIS: Er hatte den Kopf eines Schakals und war der Gott des Todes und der Mumien.

ISIS: Die Gemahlin des Osiris, die Kinder und Frauen beschützte

DIE MÄCHTIGE ZAUBERIN

Die Sonne wanderte über den Himmel und senkte sich nun langsam über der Wüste herab.
Der Streitwagen des Pharaos hatte nur zwei große Räder und schimmerte golden in der Abendsonne. Gezogen wurde er von vier weißen Pferden. Die Begleiter des Pharaos benutzten ebenfalls Streitwagen, doch ihre waren aus Holz und nicht aus Gold.
Aus der Luft verfolgten Tino-T-Rex, Miki und Zik die kleine Gruppe. Sie überquerte den Nil auf einer königlichen Barke, einem breiten und mit Malerei und Schnitzereien verzierten Boot. Weiter ging es in ein felsiges Tal.

DAS TAL DER KÖNIGE

Viele Könige und Königinnen Ägyptens wurden hier in tiefen Höhlen und steinernen Gängen und Kammern bestattet. Im Tal der Könige öffnete vor mehr als 100 Jahren ein englischer Forscher das Grab des Tutanchamun. Es war nicht geplündert wie viele andere.

„Das Tal der Könige“, staunte Tino-T-Rex. Er hatte schon darüber gelesen.
Das letzte Stück des Weges legte der Pharao zu Fuß zurück. Ein staubiger Pfad führte zu einem dunklen Loch in der Felswand. Nachdem er dort mit allen seinen Begleitern verschwunden war, senkte sich Kolumbus langsam herab. Vor dem Zugang zur Grabkammer setzte er auf und öffnete die Tür.
Noch immer war es drückend heiß. Tino-T-Rex und Miki waren froh über ihre luftigen Gewänder.
Es blieb nicht mehr viel Zeit. Die Sonne war bereits ein rot glühender Ball und bald würde sie untergegangen sein.
In dem langen Gang hinter dem Eingang brannte Feuer in Schalen, die in Abständen von ein paar Schritten auf dem Boden standen. Flackernd fiel der Lichtschein auf Malereien an den Wänden. Lange Zeilen von Hieroglyphen waren zu erkennen. Miki hatte aus dem Handschuhfach von Kolumbus eine Taschenlampe mitgenommen. Doch im Augenblick brauchten die drei Freunde sie noch nicht. Die Feuerschalen gaben genug Licht. In der Luft hingen der Geruch von Ruß und Rauch. Immer tiefer führte der Gang in den Berg. Er endete in einer riesigen Kammer, in der sich Tino-T-Rex vorkam wie in einem Museum.

REISE INS TOTENREICH
Die alten Ägypter glaubten an ein Leben nach dem Tod. Damit dem Pharao oder der Königin nichts fehlte, wurde alles in die Grabkammer mitgegeben. Sogar Brot und Honig haben Forscher gefunden.

Alles war hier zu finden: ein Wagen, ein kleines Schiff, viele Truhen, ein Thron, ein Tisch mit Löwenbeinen, Stühle, Gewänder und Statuen mit Lanzen in den Händen.
Miki glaubte ihr Herz sogar in den Haarspitzen schlagen zu spüren. Tino-T-Rex hatte Schweißperlen auf der Oberlippe. Selbst Zik, der immer tat, als könnte ihn nichts erschrecken, zitterten die Barthaare.
Es schien hinter dem Saal mit den vielen Gegenständen noch eine Kammer zu geben. Von dort drang Tante Urkes Stimme. Sie hörte sich verzweifelt an.
„Sind bei Ihnen ein paar Sicherungen durchgebrannt? Das Amulett ist aus dem Museum!“ Tante Urke biss sich auf die Lippen, das hätte sie besser nicht gesagt.
„Mu-se-um?“, wiederholte der Pharao. Er hatte das Wort noch nie gehört. Niemand im Alten Ägypten ahnte, wo die vielen Schätze tausende Jahre später ausgestellt sein würden.

„Sie ist eine Zauberin, die das Amulett aus dem Mumiensarg gezaubert hat!“, sagte der Minister, den die Geschwister im Hof des Palastes belauscht hatten. Er sprach mit harter, strenger Stimme.

Tino-T-Rex, Miki und Zik standen an der Wandöffnung zum zweiten Raum und spähten um die Ecke. Miki hatte die rettende Idee. Sie flüsterte: „Zauberin! Das ist eine gute Idee. Sie müssen Tante Urke für eine mächtige Zauberin halten.“ Tino verstand nicht, wozu das gut sein sollte.

Miki schnaubte ungeduldig. „Ich wette, sie haben Angst vor einer mächtigen Zauberin. Bestimmt lassen sie Tante Urke frei.“ Kläglich fügte sie nach einer Pause hinzu. „Hoffe ich wenigstens.“

Es gab nur einen, der unbemerkt zu Tante Urke konnte um ihr Mikis Plan einzuflüstern: Zik!

Die Ratte putzte sich die Nase. „Lieber esse ich Seegurkensalat.“

„Du schaffst das“, sprach ihm Tino Mut zu.

Zik schnüffelte und nickte. Er schlich an der Wand entlang bis zu Tante Urke, die noch immer den Overall mit dem Werkzeug in den Taschen trug. Flink kletterte er an den Stofffalten hoch und wisperte ihr zu, dass Miki und Tino gekommen waren um sie zu retten.

„Volle Kraft voraus auf Zauberin!“, flüsterte Zik.
Tante Urke schluckte, als hätte sie einen Fußball im Hals stecken. Krächzend sagte sie: „Ich warne euch: Groß ist meine Zauberkraft. Hat sie doch das Amulett geholt aus … aus …“
Sie stutzte.
Der Priester machte einen Schritt auf sie zu.
„Wo in den Schreinen und Mumiensärgen hat es gelegen, das Amulett? Beweise deine Macht und sag es uns!“ Zum Pharao gewandt erklärte er: „Nur ich kenne die Antwort. Ich selbst habe der Königin ihr Lieblingsamulett auf die Reise ins Totenreich mitgegeben.“
Miki fielen die Bilder ein, die Professor Schrein im Museum gezeigt hatte. Wo hatte das Amulett nur gelegen?
Zik sauste zwischen Tante Urke und den Geschwistern hin und her. Was er von Miki und Tino-T-Rex hörte, flüsterte er der Tante ins Ohr.
Der Priester holte überrascht Luft, als ihm Tante Urke den Platz nannte, an dem sich das Amulett befunden hatte.

WO LAG DAS AMULETT? WEISST DU ES, OHNE IN DEM MUMIENFÄCHER AUS DEINEM RUCKSACK NACHZUSEHEN? WENN NICHT, SUCH ES DORT!

Auf den Leinenstreifen, in die der Körper eingewickelt ist.

DIE MUMIE

Aus dem Körper werden die Organe genommen. Sie werden in eigenen Gefäßen beigesetzt. Das Herz bleibt im Körper, der in Salz 100 Tage getrocknet wird.
Nachdem er mit duftenden Ölen behandelt wurde, wird er in Leinenstreifen gewickelt. Bis zu vier Kilometer können sie lang sein.

DER MUMIENSARG

Die Mumie wurde in einen Mumiensarg gelegt, der die Form des Körpers hatte. Dieser Sarg kam in weitere Särge und schließlich in einen steinernen Sarkophag. Über diesen wurden Schreine aus vergoldetem Holz gestülpt. Manchmal war die Mumie durch zehn Hüllen geschützt.

„Die Königin hat mir den Auftrag erteilt, es aus dem Sarkophag zu zaubern. Eure Aufgabe ist es nun, den Schrein und die Särge wieder auseinander zu nehmen und das Amulett an seinen alten Platz zu legen“, flunkerte die Tante und flehte im Stillen, die Männer mögen ihr glauben.
„Lüge!“, sagte der Minister kalt.
„Lüge!“, stimmte ihm der Priester zu.

Tante Urke fröstelte. Zik machte sich in ihrem Nacken ganz klein. Miki und Tino grübelten fieberhaft, hatten aber keine Idee, die der Tante geholfen hätte.

In der Grabkammer war nur das Zischen der Flammen in den Feuerschalen zu hören.

„Ich glaube ihr!“, ertönte plötzlich die Stimme des jungen Pharaos. „Tut, was ihr gehört habt, Priester. Erst wenn das Amulett wieder an seinem Platz ist, werden wir die Grabkammer für immer verschließen.“

Der Priester verneigte sich vor dem Pharao. Niemand wagte dem Herrscher zu widersprechen.

„Legt diesen Glücksbringer dazu. Die Königin mochte ihn ganz besonders!“

Aus der Ferne schallte das HONK! HONK! von Kolumbus durch die Gänge. Alle Köpfe drehten sich in die Richtung, aus der das Geräusch kam.

„Mein ... mein fliegendes Pferd“, flunkerte Tante Urke.

„Sie lügt!“, brauste der Minister auf.

„Ich will es sehen!“, verlangte der Pharao.

Gleich vier Wächter begleiteten Tante Urke nach draußen.
Miki und Tino-T-Rex liefen voran.
„Kolumbus sieht doch nicht aus wie ein Pferd“, keuchte Miki und kaute an einer Haarsträhne.
Sie stürmten in die einbrechende Nacht hinaus.
HONK! HONK!

Kolumbus befand sich direkt vor ihnen unter der Chamäleon-Folie. Rasselnd rollte er sie nach oben auf und darunter kamen der Schiffsbug und der rot-weiß gestreifte Ballon zum Vorschein.

„Das ist kein Pferd und bestimmt lässt der Pharao Tante Urke nicht frei!“, befürchtete Miki.

Kolumbus klappte die Tür einladend auf und als die Geschwister nicht gleich einstiegen, wackelte er ungeduldig.

Widerstrebend kletterten sie in das Innere des Fahrzeugs. Bewacht von vier grimmigen Wächtern trat Tante Urke aus der Öffnung in der Felswand. Hinter ihr folgten der Pharao, der Minister und der Priester.

„Kein Pferd, ein Ungeheuer!“, rief der Priester warnend und gab den Wächtern ein Zeichen. Die hoben die Speere, bereit zuzustechen.

Mit angehaltenem Atem beobachteten die Geschwister alles durch die Seitenfenster.

Nur ein Wunder konnte Tante Urke noch retten!

In der Luft schwebend drehte sich Kolumbus langsam auf die Wächter und den Pharao zu. Seine Scheinwerfer flammten auf und leuchteten wie zwei riesige Augen.

„Es ist ein Tier!“, sagte der Pharao beeindruckt.

Erneut hupte Kolumbus HONK! HONK!

„Ein fliegendes Pferd wiehert so“, sagte Tante Urke, als wäre es das Selbstverständlichste auf der Welt.

Stückchen für Stückchen schwebte Kolumbus näher an sie heran. Zik sprang in der offenen Tür herum und boxte in die Richtung der Wächter, die sich davon aber nicht beeindrucken ließen.

Der Pharao machte eine befehlende Handbewegung. „Die Zauberin bleibt bei mir. Für immer.“

„He, du Seeschlange mit Kopftuch!“, rief Zik herausfordernd. Der junge Pharao sah die sprechende Ratte im Pharao-Kostüm und vor Staunen stand ihm der Mund offen. „Hör mal, ich lass es in deinem Land Quallen regnen und Kröten hageln. Soll ich loslegen?“
Der Pharao warf die Arme in die Luft und flüsterte ehrfürchtig: „Ein sprechendes Tier. Vielleicht ein Gott!“
„Kniet nieder vor Zik, der Königsratte!“, befahl Zik frech. Der Pharao ging in die Knie, sein Minister und der Priester folgten seinem Beispiel. Die Wächter warfen sich in den Sand und berührten mit der Stirn den Boden.

Im Alten Ägypten wurden viele Tiere als heilig verehrt. Aber nicht nur Kühe und Katzen, sondern auch der Mistkäfer. „Skarabäus“ wurde er genannt. Seine Eier legt er in eine Kugel, die er aus Tiermist dreht. Weil später daraus junge Käfer kriechen, war der Mistkäfer für die Ägypter ein Wundertier.

„An Bord und Abflug!“, wisperte Zik und zwinkerte Tante Urke zu. Urke zwinkerte zurück, sprang hoch und gleich darauf war sie im Forscher-Schwimm-Fahr-Flugzeug.

Der Minister stieß einen wütenden Schrei aus. „Sie will flüchten, die Zauberin!"

Als die Wächter sich auf sie stürzen wollten, schoss Kolumbus zum Himmel empor.

„Ihr habt vielleicht starke Sicherungen", lobte die Tante Zik und die Geschwister. Danach stellte sie die Zeituhr auf die heutige Zeit ein. Im Sturzflug ging es zurück.

DIE LÖSUNGEN

Kolumbus landete im Garten hinter der Werkstatt von Tante Urke. Als Miki und Tino-T-Rex ausstiegen, hatten beide Knie wie aus Pudding. Auch Zik taumelte und drehte sich.

„He, du bist wieder ein Locken-Seeigel!“, stellte er fest und deutete auf Tinos Kopf. Die Haare waren beim Zeitsprung nachgewachsen. Und Tino und Miki trugen die Kleidung, die sie angehabt hatten, als sie die Zeitreise begannen.

Es war bereits Nacht und das Gras feucht vom Tau.

Als Erstes plünderten die Abenteurer den Kühlschrank in der Küche. Eine Wurst in der einen Hand, wählte Tante Urke mit der anderen die Nummer des Museums. Es war um diese Zeit aber längst geschlossen.

„Professor Schrein hat kein Telefon daheim. Die schlechte Nachricht, dass wir keine Antworten auf seine Fragen gefunden haben, hat aber auch bis morgen Zeit.“

Tino-T-Rex, der Essiggurken mampfte, hob den Kopf.

„Aber wir haben doch einiges herausgefunden.“

Mikis Zöpfe wippten, so heftig nickte sie. „Wir wissen alles. Morgen können wir klar Schiff machen.“

„Wir wissen auch, dass das Amulett kein Unglück bringt!“, fügte Tino hinzu.

„Aber die spukende Mumie?“, fragte die Tante.
Auch dazu hatte Tino schon einen Verdacht.

Am nächsten Morgen, noch vor der Schule, fuhren Miki, Zik, Tino-T-Rex und Tante Urke zum Museum. Sie trafen Professor Schrein vor dem großen Holztor an. Diesmal hatten sie Kolumbus ganz normal in einer Parklücke auf der Straße abgestellt.
Beim Eingang kam ihnen bereits die Museumsdirektorin entgegen, die wieder von Professor Krakator begleitet wurde. Er lächelte dünn. In der Hand trug er eine braune Aktentasche.
„Ich hoffe, Sie können alle meine Fragen beantworten“, sagte die Direktorin grußlos.
„Jops, kann er!“, rief Tino-T-Rex.
Professor Krakator verzog das Gesicht. „Braucht ein Forscher jetzt schon Hilfe von ein paar Gören?“
Miki stemmte die Hände in die Seite und kniff die Augen grimmig zusammen.
„Ich habe wenig Zeit!“, drängte die Museumsdirektorin.
Verwirrt sah Professor Schrein Tante Urke und die Geschwister an. Die Tante gab ihm ein Zeichen, er solle ihnen vertrauen.

Gemeinsam schritten sie durch die hallenden Räume, in denen noch keine Besucher unterwegs waren, bis zu dem Lager, in dem der Professor die Schätze aus dem Pharaonengrab ausgebreitet hatte.

„Also?“, fragte die Direktorin. Sie schien mit dem linken Fuß zuerst aufgestanden zu sein, so missmutig war sie.
Krakator stellte die Aktentasche ab und verschränkte die Arme vor der Brust.
Miki beobachtete, wie Zik heimlich zur Tasche schlich und sich am Verschluss zu schaffen machte. Professor Krakator bemerkte es nicht.
„Äh ...“, machte Professor Schrein hilflos.
„So aufgeregt bin ich immer vor Prüfungen“, kam ihm Tino-T-Rex zu Hilfe. „Aber der Professor hat uns gestern alles genau erklärt. Er hat entdeckt, dass es sich um lauter Dinge aus dem Grab einer ägyptischen Königin handelt.“
Er trat zu den drei Gegenständen und Miki unterstützte ihn beim Erklären.
Staunend hörte die Museumsdirektorin zu. „Eine Sensation“, sagte sie, als die Geschwister fertig waren. „Die Leute werden bestimmt in Scharen kommen um diese Besonderheiten zu bestaunen. Vor allem –“ sie kicherte verstohlen, „– das stille Örtchen der Ägypter.“
Das Strich-Bärtchen von Professor Krakator zuckte ungehalten. „Moment!“, mischte er sich ein. „Es gibt da ein Amulett. Auf dem ist das Symbol des Bösen. Los, zeigen Sie es, Schrein. Raus damit!“

Der Professor schmatzte aufgebracht. Er trat an den Schrank und wollte das Amulett herausholen. Aber es war nicht da. Tante Urke tastete die Tasche ihres Overalls ab, in die sie es am Vortag gesteckt hatte, aber auch die Tasche war leer.

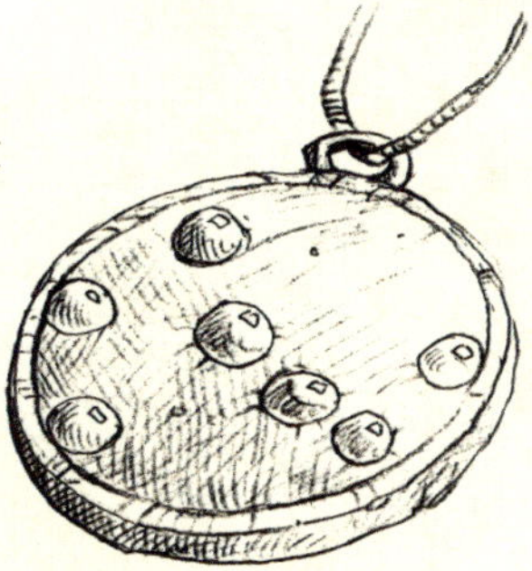

Miki hüpfte zum Mumiensarg und klopfte mit der Hand dagegen. „Da drin wird es sein, bei der Mumie!“, flüsterte sie.
Die Hände des Professors zitterten, als er den schweren Deckel beiseite schob. Das Amulett hing tatsächlich um den Hals der grauen Mumie.

WAS ZEIGEN DIE EDELSTEINE AUF DEM AMULETT?

Den Großen Wagen, auf den Kopf

Warnend rief Krakator: „Vorsicht, es bringt Verderben. Die Edelsteine sind zum Auge des Bösen angeordnet.“
Tino-T-Rex schenkte Krakator ein mitleidiges Lächeln. „Nops! Sie haben wirklich wenig Ahnung!“ Dann erklärte er, was die Steine wirklich darstellen.
Professor Krakator bekam einen tomatenroten Kopf. Neben seinen grauen Hosenbeinen hatte es Klick gemacht, als Zik das Schloss der Aktentasche öffnete. Er war darin verschwunden und tauchte nun wieder auf, etwas Staubiges, Ausgefranstes in den Pfoten. Miki bückte sich und zog es hoch. Auf den ersten Blick sah es wie ein zerschlissener Baby-Strampelanzug aus.

„Ein Mumienkostüm!“, rief Tino aufgeregt.
„Die Mumie, die hier gespukt hat!“, japste Professor Schrein.
„Dieser Klabautermann hat Ihnen den Spuk vorgespielt und das ‚Unglück‘ veranstaltet, damit Sie den großen Schatz wieder verkaufen müssen!“, rief Miki.
Alle drehten sich zu Professor Krakator, dessen Kopf zu platzen schien. Er rümpfte die Nase und sein Hals wurde immer länger.
„Sie haben Professor Schrein absichtlich bei mir angeschwärzt!“, sagte die Direktorin grimmig. Krakator machte mit beiden Händen eine wegwerfende Handbewegung. „Ach was, wer braucht den alten Plunder.“ Er riss Miki das Mumienkostüm aus den Händen und eilte davon.
„Ich muss mich bei Ihnen wirklich entschuldigen!“, sagte die Museumsdirektorin sehr verlegen zu Professor Schrein. Der Professor neigte bescheiden den Kopf und lächelte glücklich in sich hinein. Nachdem die Direktorin auf den hohen Absätzen davongestöckelt war, wandte er sich Tante

Urke, Tino-T-Rex, Miki und Zik zu. „Ich muss mich bei euch wohl sehr bedanken!“, sagte er. „Ihr alle steht unter einem guten Stern, wie die alten Ägypter sagen würden. Möge er euch immer beschützen.“

HONK! HONK!, kam es von der Straße.

„Ohne Kolumbus hätten wir es nie geschafft!“, stellte Tino-T-Rex fest.

„Wenn es klemmt, kommen wir gerne!“, bot Tante Urke an.

„Wir sind nämlich echt stark!“, erklärte Miki und zeigte die Muskeln an ihren dünnen Armen.

„Ahoi!“, rief Zik. „Auf ins nächste Abenteuer!“